Death

Looks

Down

Amelia Reynolds Long

論創海外ミステリ
Ronso Kaigai MYSTERY
186

誰もがポオを読んでいた

アメリア・レイノルズ・ロング

赤星美樹 ◯ 訳

論創社

Death Looks Down
1944
by Amelia Reynolds Long

目次

主要登場人物

キャサリン・パイパー（ピーター）……ミステリ作家。フィラデルフィア大学大学院生
ヴァージニア・パトリシア・ソーンダイク（ジニー・パット）……フィラデルフィア大学大学院生
ヘレン・ブラック……フィラデルフィア大学の図書館員
ジェームズ・アロイシアス・カーニー（ジェイミー）……音楽家。フィラデルフィア大学大学院聴講生
アーチー・シュルツ……彫版師。フィラデルフィア大学大学院聴講生
クライド・ウッドリング……教師休職中。フィラデルフィア大学大学院生
ミス・カッツ（カッツィー）……教師休職中。フィラデルフィア大学大学院生
パトリック・ルアク……フィラデルフィア大学教授
オーガスタス・オストランダー……フィラデルフィア大学教授
ジャド・フィリップス……大富豪。エドガー・アラン・ポオの収集家
ウィリアム・ダニエル・ブーン……巡査部長
エドワード・トリローニー（テッド）……犯罪心理学者。フィラデルフィア郡検察局の特別捜査官
トマス・グリーアソン……フィラデルフィア郡検察局の検事

誰もがポオを読んでいた

プロローグ　ユーラルーム

……もの淋しい十月

十歳のころ『アッシャー家の崩壊』（一八三九年発表のポオの短編小説）を読み、正気を失うほど怖い思いをして以来、エドガー・アラン・ポオの熱烈なファンになった。そういうわけで、フィラデルフィア大学大学院の履修便覧でポオの生涯と作品をテーマにした講座の告知を見つけたとき、私は意気揚々とそれをジニー・パット・ソーンダイクに読んで聞かせた。ジニー・パットは学部生時代のルームメートで、修士号を取るために私とともに大学へ戻ってきたのだった。

「エドガー・アラン・ポオ。セミナー形式。教室での討論と学生自身によるリサーチを通し、ポオの生涯と作品を詳しく考察する。土曜日、午前九時から十一時。ルアク教授」

告知文の最後の一語を読み上げた。パトリック・ルアク教授といえば、アメリカ文学への造詣の深さに加え、二つの点でこの大学では有名だった。痛烈な皮肉の才能と、女子学生嫌いである。噂によれば、前者を実践することで後者を紛らせているらしい。

ジニー・パットは、「やっぱりね」という顔をした。「その講座を取りたがると思ってたわ、ピーター。だから、バートン先生に訊いてみたの」バートン先生は私たちが学部生のときの聴罪司祭で、私が犯罪小説——私はミステリ作家だ——で、ジニー・パットがそれほど血を見ることのない文学で身を立てているのは、バートン先生の後押しのおかげでもあった。「バートン先生が言うには、ルアク教授って、顔見知りになってしまえば、すっごく親切で愛嬌のある人なんだって」

大学院の履修登録室で、長テーブルの向かいに座っていた女子学生のヘレン・ブラックがこちらを見て小ばかにしたように笑った。小ばかにしたように笑ったにちがいないが、高熱でこちこちに焼き固められたみたいな顔にしか見えなかった。

「身内には親切で愛嬌があるかもしれないけど」と、ヘレンは言った。「でも、わたしたちには、ありえないわね。パイパーさん、悪いこと言わないから、その講座はやめたほうがよくてよ」

ジニー・パットと私はにっこり微笑んだ。そんなことを言われたときは、これが一番の安全策だ。そして、私たち二人は登録カードのポオ講座にさっさと印をつけた。あまのじゃく以外の何ものでもなかった。

ヘレン・ブラックを「女子学生」と呼ぶのは形の上だけで、たとえそうだとしても、想像力をかなり柔軟にする必要があった。だが、ジニー・パットが言うように、いつかは私たちだって四十歳になるのだし、そうなったときは笑っていられないはずだ。私たちは学部生のときからヘレンを知っていた。そのときから――これも、ジニー・パットに言わせれば――じゃが芋のような体形だった。図書館のアメリカ文学室で働くヘレンは、本とともにゴシップも用意してくれた。本は大学が用意したが、ゴシップのほうは、さまざまな情報源からヘレンが手際良く集めてきたものだった。その手際の良さときたら、まるで金採掘者が選鉱鍋で砂金を選別するみたいだった。ヘレンの趣味はこまごました情報の収集で、そのほとんどが穏やかならぬ、もしくは好ましからぬ他人の人間性に関する情報だった。だが、他の収集家と違うのは苦労の成果を独り占めしないことで、最悪の結果を招く方向へそれを伝えては、成り行きを静観した。

大学の女子寮――よくある下宿よりずっと居心地がいい――に入るには、少なくとも一つ、講座に登録しなければならない。ヘレンはこれを、ジニー・パットと私が入学する前から続けていた。そういうわけで、ヘレンが履修登録室にいたとしても驚かなかったが、驚いたのは、ヘレンもまたポオのセミナーに登録したことだった。「やめておけ」とあんなに言っていたのはヘレン本人だったではないか。

「きっと、あの講座しか」と、懐かしい場所がいまも残っているか見てみようとキャンパスをぶらぶらしながら、私は意地の悪い口調でジニー・パットに言った。「残ってなかったのよ」

だが、そうではなかった。一日ほど経ち、この手のことに鼻の利くジニー・パットが真相を突き止め、教えてくれた。

「ヘレン・ブラックは前回も同じ講座を取ったんだけど、ルアクはヘレンを落第にしたんだって。それで、大学の図書館員が落第したままなのは格好悪いから、またあの講座を取るんだって」

そういうわけなのね、とヘレンがルアク教授を毛嫌いしていたことも含め、私は内心で納得した。だが、「そういうわけなのね」と思うことがこの先どれだけあるかは、このときは知る由もなかった。

ふたを開けてみれば、ルアク教授は吠えたり噛みついたりするとはいっても、噂ほどひどいわけではなかった。小柄で銀縁の眼鏡をかけ、短く刈りこまれた白髪はまるで逆立っているように見えていた。私はすぐにルアク教授を好きになった。アイルランド人はユーモアのセンスに長《た》けてはいるが自分のこととなると別だと書いた私のレポートに罰点をつけたとしても――ほら、私がレポートに書いたとおりだ（ルアク〔Rourke〕はアイルランド系の名字）――、いまもルアク教授のことは好きだ。

セミナーは少人数制なので、学生は七人だけ、そのうちの三人がヘレンとジニー・パットと私だった。四人目の女性はミス・カッツといって、何年か前に小さな教員養成系の大学を卒業し、今回は専門知識を身につけたいという純粋な目的から、この大学で文学修士を取ろうと励んでいた。ファーストネームもあるはずだが、誰も知らなかった。私たちは彼女をカッツィーと呼んだ。かわいそうなほど痩せこけ、声はといえば、子どものころ無理に高い声を絞り出していたのだろう、それきり元に戻っていなかった。キャンパスで彼女が向こうから歩いてくるのが見えたら、思わず近くの脇道に入ってしまい、そのあと決まって自分を恥じる。カッツィーは、みんなにそんな思いをさせる女性だった。ちゃんと読みやすい文章になっているだろうか。カッツィーのこととなると、私はいまひとつ調子が出なくなってしまう。これには理由がある。ある日曜日の昼食のとき、私があんなに自分本位の嫌な女でなく、ジャド・フィリップスさんのところへポオのコレクションを一緒に見に行こうという彼女の誘いを断っていなかったら、違っていたかもしれない。あのときクライド・ウッドリングに言われたこと――もし私が行っていたとしても、事件は食い止められなかっただろう。それどころか、『モルグ街の殺人』（一八四一年発表のポオの短編小説）が半分だけじゃなくて完全に再現されたかもしれない――を思い出しては良心の呵責を和らげようとしているのだが、あまり効果はない。二人一緒だったら無事だったはずだ。一人だけだったから――詳しいことは順を追って話していくつもりだ。

あとの三人は男子学生――ジェームズ・アロイシアス・カーニー（ジェイミー）とアーチー・シュルツとクライド・ウッドリング――だった。

ジェイミーは音楽家で、ダンスバンドを率いていた。ポピュラー音楽をどう考えるかによって、音楽家と呼んでいいかどうか意見は分かれるかもしれないが。男性美という点では見るべきものはあまりなかった。背は低く、真面目な顔つきは性格とは正反対だ。それでも、彼には際立った特徴が二つあった。一つ目は、自ら招いた窮地へいとも簡単に陥り、いとも簡単にそこから脱するという恵まれた天分。二つ目は、他人を意のままに動かす能力だった。

　ジェイミーには人生をかけて愛するものが三つあった。音楽とジニー・パット、そして――信じられないかもしれないが――ルアク教授だ。この三つ目を愛するようになったのは大学二年のときだ。ジェイミーは長い長い学期末レポートの半分のあたりに「先生がここまで読まないことに二十五セント賭ける」と書いた。レポートが戻ってくると、表紙いっぱいに一言、「二十五セント貸し」と書かれていた。将来が約束されたわけでもないこの出来事をきっかけに、二人の稀有な師弟愛は深まっていった。ルアク教授はジェイミーの能力を一分間褒めたかと思うと、次の五分間は怠け者と叱咤して愛情を表現し、ジェイミーのほうはまったくの無関心を装って愛情を表現したが、ルアク教授に求められれば喜んでカレッジ・ホールに這っている蔦をよじ登って古ぼけた時計塔の上で逆立ちすることは、みんな知っていた。少しのあいだスイング・ミュージックから離れる決心をして、ポオの数多くの短編詩にまとまった曲をつける作業を始めたのは、ルアク教授の勧めに応えたからだった。中途半端なことの嫌いなジェイミーは、自分の取り組みを進めるにあたり内面的な部分をもっと深く理解しようと、このセミナーを受講しているのだった。

　ジェイミーの話はこのくらいにして、次はアーチー・シュルツに移ろう。本業は彫版師、副業はヘレン・ブラックの永遠の男友だちだった（大学院で勉強する気になったのは、おそらく彼女が理由だろう）。髪の毛が多少あるという点を除けば、気味が悪いほどアンディ・ガンプ（新聞に掲載されていた漫画の登場人物の男性。顎が極端に小さい）に似ていた。そういうわけで、アーチーと話していると漫画の中に入りこんだような奇妙な気分になり、加えて、二つの特徴に気がつくのだ――一つは、ひっきりなしに咳払いすること。もう一つは、何を話しているのか意味がよくわからないことだった。前者は、本人にもどうしようもなかったのだと思う。ひょっとしたら後者も、どうしようもなかったのかもしれない。だとしても、会話の相手がこうした特徴に気づいたのを見て、「君の心は汚れているね」という顔をしなくてもいいのだ。

最後はクライド・ウッドリング。患者への接し方がとりわけ上手で人気者の医者といったタイプだったが、実のところはミス・カッツと同じく学校教師で、やはりミス・カッツと同じく専門知識を深めたいという純粋な目的で文学修士号取得の準備を進めていた。この大学の出身でなかったので、彼をよく知る人はいなかった。ところが、彼がポオの直筆の原稿を発見するという出来事があり、文字どおり一夜にして、無名の存在から有名人となった。

新学期が始まって間もないころだった。「編集者時代のポオ」が研究テーマだったクライドは、資料収集のため、ポオが主として編集に携わっていたそれぞれの期間の『グレアムズ・マガジン』と『ジェントルマンズ・マガジン』をどっさりどこかから持ってきた。これらの雑誌自体はとくに入手困難だったり貴重だったりするわけではない。そういうわけで、『グレアムズ・マガジン』の黄ばんだページのあいだからこんなお宝を発見したということは、昼に大学前の屋台で牡蠣のシチューを注文したら真珠が入っていたというようなものだった。それは年を経て色褪せた一枚の紙で、黒から茶へと時間とともに変色したインクでポオの詩『ユーラルーム』が直筆で書き記されていた。

クライド自身はそれが何なのか最初はわからずにいた。しかし、ルアク教授には一目でわかった。もちろん第一稿ではなく、ポオがミス・スーザン・イングラムのために書き写し、現在はモーガン図書館に所蔵されている原稿と同様、のちに書き写されたものにすぎなかったが、それでも、花びらが普通の倍くらいに波打ったペチュニアの種《たね》のように、同じ重さの金よりも価値があった。ルアク教授はクライドに相談せずに、この手稿を大学の理事会に持ち込んだ。そうして理事会で話し合いがもたれ、最終的に、大学はクライド・ウッドリングからそれを一万ドルで買い取ることになった。その詩を最初に掲載した『アメリカン・レビュー』誌が作者のポオに支払ったのは、おそらく十ドルほどだったにちがいない。

大学がアメリカ史に残る貴重な文献を入手したのを祝い、図書館のアメリカ文学室で文学のティー・パーティーが催された。新しくやってきた宝物は展示用のガラスケースの中で孤高の輝きを放ち、遠路はるばる訪れたポオの熱狂的ファンは羨んだり感嘆したりし、そこまで芸術を解しない人はそれを見て、墓場に埋まっていたも同然の詩にそんな大金を払うとは正気の沙汰でないと思ったのだった。ルアク教授は小さな体で、まるでその詩が自身の作のように自慢してまわり、一方でクライド・ウッドリングは時のヒーローとなって、自己満足に浸っていた。ところがそれも、『ユーラルーム』をあんなにあっさり売っちゃうなんて馬鹿だわね、とたまたま通りかかったヘレン・ブラックがまったく悪気なく発した一言で終わってしまった。というのは、知っていれば喜んで一万五千ドル出したのに、とチェスナット・ヒルに住む大富豪の収集家ジャド・フィリップスがオストランダー教授（アメリカ文学部でルアク教授の一番の研究仲間ということになっているが、実はライバル）に言っているのをヘレンが聞いてしまったのだ。

そう言われたクライドは、飲んでいたお茶がいきなり渋くなったような顔をした。それでも次の瞬間には、引きつってはいたがどうにか笑顔をつくり、さらには両肩を軽くすくめる仕草まで見せた。

「まあ、でも」達観したようにクライドは言った。「ポオよりはたくさんもらえたからね」

「そうね」ヘレンは抑揚も感情もない口調で返した。「だとしても、あなたがあと五千ドルもらえなかったのは残念でならないわ。もう少しでもらえるところだったのに」

こうしてクライドの午後を台無しにして、ヘレンはその場を離れると、自分の持っている情報とクライドがその金額に甘んじた話をパーティーが終わるまで触れ回った。

このちょっとした幕間劇がくり広げられているあいだ、私は一メートルほど離れたところに友人のエドワード・トリローニーと一緒に立っていた。彼は犯罪心理学者で、フィラデルフィア郡検察局の特別捜査にたびたび加わっていた。やはりヘレンの話を聞いていた彼は、ヘレンが行ってしまうと、こちらを向いて少々皮肉っぽく笑った。

「友人を失って敵をつくる方法のわかりやすい実例だったね」とトリローニーは言って、もう一度クライドに目を向けた。

「ところで、ピーター、あの顎なしの青年は誰だい?」ほかの人に聞こえないよう、声を潜めてトリローニーは続けた。

「ウッドリングの真後ろに立っているのは」

「ああ、アーチー・シュルツね」私はそちらに目も向けず答えた。「そういう顔は、あの人しかいないもの」

「彼、いまの話にずいぶん興味を持ったみたいだな。名案がひらめいたって顔にさえなってる」

そう言われてアーチーにちらりと目を遣ると、その表情にぎょっとした。視線だけはクライドに向いていたが、見ているわけでないのは明らかだった。少なくとも意識は別のところに飛んでいた。生気のない顔に浮かんでいたのは、妬みと欲と悪知恵の入り混じった表情だった。トリローニーの言ったとおり、ヘレンの話を聞いていい考えが浮かんだという顔に見えた。

　こんなことがあったのは十月半ばだったが、それから一か月ほど経ったころ、ジニー・パットが願いごとをした。

　最初は、ある日の夕方の、こんな一言だった。宿題を終えていなかったジニー・パットは、明日のフランス語は休講になっちゃえばいいのにと言った。翌日、フランス語は休講になった。はたまた、女子寮の裏側の家の裏庭に一晩じゅう遠吠えする犬がいた。あの忌々しい犬、誰か殺してくれないかなとジニー・パットは言った。翌朝、犬は伸びきって硬く冷たくなっていた。近所の誰かの仕業にちがいなかった。こんなことがあってから、気をつけたほうがよさそうだとジニー・パットは思ったのだった。

「ねえ、ピーター、あたし、ちょっと怖いのよ」ジニー・パットは秘密でも打ち明けるように言った。「迷信とか信じないほうなんだけど……でも、二度あることは三度あるって言うじゃない。本気じゃないのにひどいお願いごとしちゃって、それで……それが現実になったら、どうしよう！」

「そんなときは、立て続けにその反対のことをお願いしたら、帳消しになるんじゃないかしら？」私は具体的なアドバイスをした。

　ジニー・パットは考えているようだったが、やがて首を横に振った。

「だめ、だめ。しばらくは何もお願いしないようにしなくちゃ。だって、また、M・フォーレ先生に休講してもらいたいかもしれないからね」

　その日、フィラデルフィアをたまたま経由することになったと言って、ほかの大学のアメリカ文学の教授が、このほど発見されたポオの手稿を見に図書館を訪れた。私はそこにいたわけではなかったが、昼食の時間にヘレン・ブラックとジニー・パットとジェイミーと私がたまたまグリークス食堂に揃い、ヘレンがその話をしたのだった。

「で、その教授にあれを見せたら」と、ヘレンは言った。「しばらくじっと見つめてから、ケースから出して見せてはもらえないだろうかって言ったのよ。わたしがついていれば構わないだろうと思って、ケースの鍵を開けて、その人に取り出させたの。その人、窓際に行って、それを光にかざしたのよね……」

「光にかざした？」ジニー・パットが口を挟んだ。「それで、どうやって読むの？」

「読んでたんじゃないのよ」と、ヘレンは続けた。「透かして見てるみたいだったの。そして、にやっとしたのよね。まるでルアク先生があなたたちのまちがいを見つけたときみたいにね。それから返してくれたんだけど、見せてくれてありがとうって言っただけで、あとは何も言わなかったのよ」

「何も言わなかったとしても、やってたことは奇妙だね」と、ジェイミーが言った。「何を見ようとしてたんだろう」

思いついたことは、ばかばかしくても口に出してしまう性質《たち》の私は、「わかった。紙に透かしがあるかどうか見てたんだわ」と、言った。

ヘレンは宙を見つめ、上下の唇を内側に折りこんだ。いいことを思いついたときに見せる仕草だった。

「わたしも」と、つぶやくようにヘレンは言った。「手稿を見てみるわ」

その夜、図書館が閉館したあと、ヘレンが女子寮の私たちの部屋に立ち寄った。

「あのね、わたし、ルアク大先生に仕返しできた気がするわ。あしたか、あさってになったら、あんなに高慢ちきでいられなくなるわよ」

「いったい何したの?」と、私は訊いた。

ヘレンは答えず、自分にしかわからないジョークを面白がっているように、腹立たしいほどの得意顔でにんまりしただけだった。

けれども、ジニー・パット・ソーンダイクはいつでも抜け目がない。何のことだろうと私が考えているあいだに、結論にたどり着いていた。

「ヘレン、ポオの手稿のことで、何がわかったの?」ジニー・パットは、ずばり訊いた。

こらえていた笑いが、いまやヘレンの満面に溢れた。

「お楽しみに」ヘレンは廊下で自分の部屋へ向かいながら言った。

「もう」とジニー・パットは大きな声で言った。「ヘレン・ブラックなんて絞め殺されちゃえばいいのに!」

一冊目　アモンティラードの酒樽

第一章　地下墓所のいちばん奥へ

この大学の図書館の建物は産科病棟と鉄道の駅と戦艦を合わせたような場所だと、学生のあいだでは言われている。一つ目は、新しい観念が次々と生まれる場所、二つ目は、電車のように思考が発進されていく場所という意味だろう。戦艦についてはは理由がわからないが、戦場という表現のほうが合っている気がする。

ヘレン・ブラックがジニー・パットと私の部屋に立ち寄った日の翌日は、寒くて大荒れの天気だったが、夕方六時ごろになると雨が濃い灰色の霧に変わって視界が前後左右一メートルほどに閉ざされてしまい、歩いている人は――衣服の糸一本一本に筋《すじ》状になった霧をへばりつかせたようにして、ぼんやりした中から突如現れたので――まるでこの世のものでないグロテスクなモンスターに見えた。

八時くらいになって、私は霧があろうがなかろうが図書館に行こうと決めた。来週が提出期限の、評論家としてのポオに関する研究レポートの調べ物をしたかったのだ。図書館の大閲覧室はほぼ人けがなく、アメリカ文学室にいたっては、部屋の奥の受付机に座っているヘレンを除いて一人もいなかった。書庫へ続く出入り口の前に置かれた受付机で、ヘレンは上の空で「こんばんは」と言い、形式だけの書庫入庫許可書をちらりと見て私を通し、私は受付机の脇にある柵の蝶番部分を押し開けて、その向こうの書庫の入り口に向かった。

書架のほとんどは地下にあるが、アメリカ文学の文献の書架は一階に置かれている。建物の二面にL字形に沿った特別に耐火処理された一区画で、アメリカ文学室からも大閲覧室からも入れるようになっている。ここはいつでも、真夏でさえ、少しひんやりする。どちらの入り口から入ってきても、七、八メートル進むと、埃と腐敗物が混じったような湿っぽい、まるで納骨用の地下室のような空気になる。金属製の書棚は壁を背にするのでなく、片方の側面を壁につけて二架一組で向かい合わせに並べられていたので、書棚の横幅を奥行きにした狭い隙間ができている。これらの隙間、すなわち奥まったスペースには長く伸びた主廊下から入ることができ、書籍運搬用ワゴンが書棚の一番奥まで行けるだけの幅がとってあった。主廊下には電灯が一定間隔で取りつけてあるが、それぞれの隙間にも補助の電灯があって自由に点けることができる。とはいえ、いつでも弱々しい黄色味を帯びた光は、よどんだ空気のせいで、明るく照らすというより大燭台の蠟燭の炎のようだった。

実際に、ここは全体が不気味な中世の雰囲気で、初めて入ったときは、ポオの『アモンティラードの酒樽』（一八四六年発表のポオの短編小説）に出てくるモントレゾールの屋敷の地下墓所の描写が頭の中によみがえったのを、いまも思い出す。あたりを覆いつくしているのは、もちろん「白い蜘蛛の巣みたいな」硝石ではなく灰色の埃だし、壁に並ぶのは骨でなく本だ。それでも、そのときの印象はいつまでも頭から離れず、書庫へ入る機会があるたび、これらの隙間のどれか一つの壁に酔っぱらったフォルトゥナート（『アモンティラードの酒樽』に登場する貴族の名前）が半身だけ閉じこめられているのではないか、帽子の鈴のくぐもった音が聞こえてくるのではないかと、まるで本心は期待しているかのように心地よく身を震わせながら、仄暗い隙間の奥を覗き込むのだった。

金属製の棚から必要な本を何冊か集め、アメリカ文学室側の扉のすぐ内側に置かれた小さなテーブルに運ぶと、その上の吊り電灯を点け、腰を下ろして必要な個所を読みメモを取った。

十五分ほど経ったころ、誰かが閲覧室に入ってきて、閲覧申請カードに記入するより先に、ヘレンに冗談を言った。ジェイミーだった。ヘレンの返事の声のトーンと短さを聞くかぎり、ヘレンはジェイミーの冗談をずいぶん素っ気なくあしらっていた。ヘレンにしては珍しかったので、私は不思議に思った。通りかかった男子学生が誰であろうと軽く冗談を交わすのが、いつでもヘレンの何よりの楽しみだったからだ。

せっかくの冗談が歓迎されていないのを察したらしいジェイミーは、閲覧室で本を読むための閲覧申請カードをくれないかと言った。ジェイミーが記入しているらしく、しばし沈黙があった。やがて、ヘレンが口を開いた。その声はわずかに苛立っていた。

「この本は二階の科学部門にあるのよ、カーニーさん。上まで取りに行かなきゃならないわ」それからあからさまに、こうつけ加えた。「自分で取ってきてほしいものだわ」

受付机を離れ、部屋を横切って図書館員専用の小さな自動エレベーターに向かうハイヒールのコツコツという音が響いた。ジェイミーはほかに誰もいないと思い込んでいたにちがいない。ヘレンを待つあいだ、ポオの詩『ヘレンに』に自らがつけた曲を優しい声で歌い出した。

ヘレン、あなたの美しさは私にとって
まるで、その昔のニカイアの帆掛け船のよう
芳しい海原を静かに進む……

この有名な美しい一節をヘレン・ブラックに当てはめるとは、申し訳ないが笑ってしまった。それから、私は本来の目的の作業に戻り、集中した。

一、二分が過ぎ、知らないうちにジェイミーは自分の作品を歌うのをやめていたようだ。次に私が気づいたのは受付机の裏側に続く柵がギーギーと軋む音で、ほどなくジェイミーが書庫の入り口に現れた。

私を見るや、ジェイミーはぎくりとした。誰もいないと思っていたのだろう。しかし、すぐに表情を変え、この思いがけない状況を利用しようと思った様子で近づいてきた。

「ねえ、ピーター」ジェイミーは小声の早口で言った。「誰かに何か訊かれたら、あの千隻もの船を沈めた顔（クリストファー・マーロウの戯曲『フォースタス博士の悲劇』のなかに、トロイ戦争のきっかけとなったヘレネーの美しさを表現する「あの千隻もの船を漕ぎ出ださせた顔」という台詞がある）が部屋を出ていってから、僕はずっとここで君としゃべってたことにして」

私は、ポオのトマス・ダン・イングリッシュを批判する評論から目を上げた。評論では、トマス・ダン・ブラウンとなっている。ポオが彼をやりこめた当時（一八四七年、ポオはイングリッシュを名誉棄損で訴え、勝訴した）、彼はブラウンと名乗っていたのだ。

「で、どんな厄介なことをしでかしたわけ？」と、私は問い詰めた。「それと、マーロウの台詞を言い換えてヘレン・ブラックに当てはめるのはやめなさい。ヘレンに失礼よ」

ジェイミーは向かいの椅子にどかっと腰を下ろし、書類カバンをテーブルの上の私の近くに放り投げた。

「ごめんよ」ジェイミーは小声で謝った。「ちょうど歯を磨いたところでさ。歯を磨くと正しい台詞が言えなくなっちゃうんだ」

私は思わず笑ってしまった。が、そんなふうに簡単にはぐらかされるわけにはいかなかった。「質問に答えてないわよ。助けてもらいたいなら、何がどうなっているのか、わたしには知る権利があるはずよ」

ジェイミーはとたんに真顔になった。「いまは説明できないんだ。でも、お願いだよ、ピーター、見捨てないで！　君に見捨てられたら刑務所行きになっちゃうかも。でも、信じて。これは人助けなんだ」

質問は終わっていない、と私が口を開けると、ジェイミーは身振りでそれを遮った。こうしてしゃべっているあいだ、外の閲覧室で物音がする気がしていたのだが、今度は、足早に受付机に向かう靴音がして、電話の受話器が持ち上がるのが聞こえた。ジェイミーは椅子に体を深く沈めると、目を閉じた。

すると、まず聞き慣れた咳払い、続いて電話番号を伝えるアーチー・シュルツの声がした。動揺しているらしく、その声は上ずって落ち着きがなかった。

ジェイミーは片目だけ開けた。

「シュルツか！」声を潜めながらジェイミーは叫んだ。私たちは黙って座ったまま耳を傾けた。アーチー・シュルツの声が再び聞こえてきた。

「ミスター・フィリップスとお話ししたいんですが」電話の相手が何か答えているらしい沈黙。「不在？……いえ、伝言は結構です」

「一体全体どういうわけで」ジェイミーはなおも、ひそひそ声で言った。「ジャド・フィリップスに電話してるんだい？」

「知るわけないじゃない。わたしよりあなたのほうが、何が起こってるのか知ってるんでしょ。あ、聞いて。また別の人に電話してる」

こんなことを話していたので、アーチーが電話交換手に伝えた番号を聞き逃してしまった。私たちは慎みなどそっちのけで、そのあとの会話、というよりアーチーの一方的な話し声に聞き耳を立てた。

「もしもし、シュルツです。図書館から電話してる……もちろん、誰もいない……ああ、手元の書類カバンの中……だから、言ってるんだ。できない。困ったことが起こって……電話じゃ言えない。こっちに来てほしい……わかった。じゃあ、書庫の中で」

受話器を置く音がした。と同時に、別の声が聞こえてきた。

「こんばんは、アーチー」抑揚のない物憂げなヘレン・ブラックの声だった。

姿は見えなかったが、アーチーは飛び上がったにちがいない。しどろもどろに、書庫に用事があったとかなんとか支離滅裂なことを言うと、次の瞬間、急行列車のような猛スピードで私とジェイミーの前を通り過ぎ、私たちはまるで鈍行列車しか停まらない駅になった気分だった。

これには、興味をもたないわけにはいかなかった。

「ジェームズ・アロイシアス・カーニー」私は語気を強めた。「いったい何が起こってるの？」

ジェイミーは面食らった様子で、アーチーの背中を見つめていた。「知るもんか。本当だよ」

ジェイミーは立ち上がった。

「美しいエレインが僕の本を持ってきてくれたか見に行くよ。またね、ピーター」

「警察署で？」

ジェイミーはにやりとして、片方の手を書類カバンに伸ばし、もう片方の手を大袈裟に振って別れを告げた。

ジェイミーが閲覧室に戻っていくと、ヘレン・ブラックの声がした。

「申し訳ないけど、カーニーさん。ご希望の本はなかったわ。貸出中でした」

「じゃあ、いいんだ」やけに愛想よく引き下がったので、本は何かの口実だったんだと私は確信した。

ジェイミーは部屋から出ていった。

私はポオの評論に目を戻したが、とても集中などできなかった。不可解なことが多すぎる。まずジェイミーのおかしな行動、そしてアーチーのおかしな行動。誰だって不審に思わないはずがない。

十五分か二十分ほど経つあいだ、書庫の奥で何やら物音がしたようだったので、「アーチーはまだいるのかしら、それとも中央受付のほうから出ていったかしら」と思った。するとまた、閲覧室で声がした。今度は二人だった。一人は聞き覚えのない声だったが、もう一人の声の主には自信があった。大きくて、よく通る声。図書館に入ってきたというのに声を潜めようともしない性格。オストランダー教授だ。

優れた頭脳の持ち主なのはわかっていたが、私はあまりオストランダー教授が好きでなかった。一つ例を挙げると、この教授はいつでも私のお気に入りの作家の裏の顔を暴露するように思えたのだ。そして言っていることはたいてい、あながち嘘でなかったので、私は心の中で身悶えするのだった。まるでベンジャミン・フランクリンがいまの時代の服を着たような風貌で、自分の業績について謙遜という重荷を背負うつもりがないのもフランクリンと同じだった。そういうわけで、オストランダー教授の小説史または近代詩の講座を取ることはオストランダーの歴史の講座を取ることだと学部生たちは言っていた。

この教授が大嫌いだったので、私は彼の声を聞かないようにしていた。そういうわけで、もしそこまで毛嫌いしていなかったなら、もっとずっと前に状況を把握していたにちがいない。実のところ、ヘレン・ブラックが私の名を口にするのが聞こえるまで、今夜の騒ぎが次の展開になっているのにさえ気づいていなかった。

「ミス・パイパーがまだ書庫にいますわ。彼女が知っているかもしれません」

「呼んできてくれたまえ」オストランダー教授が言った。

呼ばれるのを待たず、私は出ていった。

「何かご用ですか？」

説明しようとするヘレンを無視して、オストランダー教授はいきなり私に面と向かった。教授とその横にいた身ぎれいな小柄の男性の表情から、何かまずいことが起こっているのだと悟った。しかも、事態はかなり深刻らしい。

「ミス・パイパー」その態度はまるで、被告側の証人に反対尋問する検事だった。「君は、ミス・ブラックがほかの学生に頼まれて二階の科学部門に本を取りに行っているあいだ、書庫で調べ物をしていた。まちがいないね？」

「はい、オストランダー教授」と私は答え、次の質問を待った。話をどう持っていこうとしているのかわからなかったので、わかるまでは訊かれたこと以外は一切しゃべらないほうがよさそうだ。

オストランダー教授は次に何を訊こうか迷っている様子だったが、やがてこう続けた。

「そのあいだに、この閲覧室で何か変わったことはなかったかね？　たとえば、学生、もしくは部外者が何かしていたとか」

「ミス・ブラックに本を取りにいってもらっていた大学院生のミスター・カーニーが書庫に入ってきて、話しかけてきました」ジェイミーが面倒なことになりませんようにと願いながら、私は答えた。入庫許可書を最初に中央受付か各学部の受付の図書館員に見せずに学生が書庫に入ることは禁じられているからだ。

だが、オストランダー教授は、その点には気づかなかったようだ。

「ミス・ブラックが部屋を出てから、カーニー君はすぐに書庫に入ってきたかね？　それとも、しばらく時間が経っていたかね？」教授はすかさず質問した。

「ミス・ブラックが二階の科学部門に行くエレベーターに乗るまで、そこにいました」もちろん嘘ではなかったが、真実というわけでもなかった。それでも、もしジェイミーが偉大なるオストランダー教授と何かしら悶着を起こしたら、私は嘘をついてでもジェイミーをかばうつもりでいた。

オストランダー教授は上下の唇のあいだから息をぷぅと吐いた。見るたびに、あの口に目張りしてしまいたいと思う仕草だ。

「ミス・ブラックがいないあいだ、誰かほかに部屋に入ってきた者がいたかね？」

私は一瞬ためらい、横目でヘレンを見た。こう質問されるということは、ヘレンはアーチー・シュルツのことを言っていないのだ。ヘレンの表情を見て、それを確信した。

私が言いよどんでいるのに気づいたオストランダー教授は、「さあ、答えたまえ、ミス・パイパー！」と、苛立って怒鳴った。「ほかに誰が入ってきたのかね？」

「アーチー・シュルツです。やはり大学院生の」私はしぶしぶ答えた。アーチーのことはそれほど好きでなかったが、それでも、ジェイミーのたくらみが何にせよ、それがアーチーのせいになるのは気が進まなかった。

　だが、私がしぶしぶ答えたので、事態はもっとも望まない方向に進んでしまった。オストランダー教授はにわかに疑いを深めはじめた。

「お嬢さん」この上なく横柄な厳しい口調でオストランダー教授は言った。「今夜、ここで非常に深刻な事件が起こった。シュルツ君が一人で何をしていたのか、いますぐ詳細に話したまえ」

　またためらったり、はぐらかそうとしたりすれば、もっと面倒になるだけだ。話すよりほか仕方ない。

「最初の一分ほどは何をしていたのかわかりません。わたしの座っていた位置からは見えませんでしたから。そのときは、ここにいたのがシュルツさんだということも知りませんでした。電話をかけはじめたので、声でわかったんです」

　大蛇が生肉に食いつくように、オストランダー教授は飛び上がった。

「電話をかけたと！」爆発したような勢いだった。「ミス・パイパー、彼は誰としゃべっていたのかね、何を話していたのかね」

「ええと、最初に」降って湧いた役回りを恨みながら、私は答えた。「電話番号を告げて、ミスター・ジャド・フィリップスと話したいと言っていました」

　オストランダー教授の隣にいた身ぎれいな小柄の男性が驚いて、耳障りな声を上げた。そして、どことなく見覚えのある気がしていたその男性の正体を、ようやく思い出した。ジャド・フィリップスだ。

「私と話したい？」そんなに興奮する必要があるのかと思うくらい、けたたましい声だった。「どうしてそんなことを？　そんな男は知りもしない」

「わたしにはわかりません、ミスター・フィリップス。用件は言わなかったので」アーチーがもう一本電話をかけていたことを言おうかどうか迷っていた矢先に、ヘレンが口を開いた。

「シュルツさんは書庫にいると思いますわ、オストランダー教授。出てくるように言ってきましょうか？」

　ヘレンはアーチー・シュルツと二人だけで話がしたいのだ。はっきりした理由はないが、そんな気がしてならなかった。だが、私ほど疑い深くないらしいオストランダー教授は、すかさず、こう答えた。

「そうしてくれたまえ、ミス・ブラック。フィリップス氏と私はここで待つとしよう」

　ヘレンを待つあいだ、オストランダー教授はフィリップスを脇へ連れていくと、二人は低い声で話しはじめた。この機に乗じてそっと抜け出して寮に戻ろうかと考えたけれど、すぐに気が変わった。何が起こっているにせよ、巻き込まれないほうがいいに決まっているが、それよりこの不可解な状況の真相を知るほうがもっとよさそうだ。

　そのとき、書庫の入り口から何かが聞こえた。遠くのほうからだったので、くぐもって歪《ひず》んでいたが、紛れもない女性の悲鳴だ。しかも、恐怖で震えている！

　フィリップスとオストランダー教授はまるで回転軸にでも乗っているようにくるりと身を翻すと、受付机の脇の柵についた蝶番部分に向かって突進した。はじめから受付机の後ろにいた私は、二人が動きだすより先に、開いていた出入り口を抜けて薄暗い書庫の奥へ入っていった。

　L字形の主廊下の曲がり角まで来ると、ヘレンが立っていた。いや、立っているというより、書棚のスチール製の支柱にしがみついて体を支えていた。背中を向けていたので表情はわからなかったが、体が硬直するほどの恐怖と嫌悪を、まるで電流でも発するように全身から発していて、それが私にも伝わってきた。

そして、ヘレンの背後までたどり着くと、彼女の肩越しにその視線の先を見た。絞り出すような恐怖一色の絶叫の理由を。

仄暗い一つの隙間の突き当りに、書棚の高いところの本を取るための頑丈な梯子が立てかけてあった。だが、普段のように書棚に立てかけてあるのでなく、キャスターでくるりと九十度向きを変え、二架の書棚に挟まれた狭いスペースのどん詰まりの壁に立てかけられていて、まるで奥まった部分にもう一つ奥まったスペースができているように見えた。

そうしてできたスペースで、まるで逃げようとでもしているように前のめりになって、梯子の八段目と九段目の踏み板のあいだから息絶えたアーチー・シュルツが光を失った目でこちらを見ていたのだ！

第二章　ちょうど会いたかったんだ

そのあとの十分から十五分は矢のように過ぎた。最初に地元の警察が、オストランダー教授の通報を受けてやってきた。次に、検死官と殺人課の刑事たちが来て、現場へ行ってしまった。アメリカ文学室で待たされていたヘレンとフィリップスとオストランダー教授と私は、男であれ女であれ、カエサルの妻――疑われるところは何一つない――のように自分を見せようとしていた。

そこへ検死官が、この事件の担当のブーン巡査部長とともに戻ってきた。アーチー・シュルツの死因は窒息死で死後三十分から四十五分経過というようなことを巡査部長に言っているのが聞こえた。検死官が行ってしまうと、巡査部長が私たちの座っていた閲覧テーブルにのっしのっしと向かってきた。

「今夜の事件についてお尋ねする前に」と、テーブルの上座に置かれた椅子の背に太鼓腹を押しつけて巡査部長は言うと、「皆さん四人のご身分と、ここにいる理由を整理しておきたいんですがね」とオストランダー教授のほうを向いた。「ではおたくから伺いましょう。署に電話したんですな。で、ご商売は?」

オストランダー教授はもじゃもじゃの眉毛をわずかにつり上げた。

「何とおっしゃったんでしょうか?」丁寧だが冷ややかな口調だった。

「あのですな」巡査部長はわざと説明口調になった。「おたくは誰で、今夜はここで何をしてたんでしょうか？ ガイシャの授業を受けにきた新入生ってことはあるまい。それくらいはわかりますがな」

オストランダー教授は背筋をピンと伸ばした。自分が座っていて相手が立っていたとしても相手を見下ろすことのできる人間は、私が知るかぎりオストランダー教授だけと言ってよかった。いま、見下ろされているのは巡査部長だった。

「私は」威厳たっぷりの声だった。「英文学科のオーガスタス・オストランダー。今夜、フィリップス氏とともにここへ来た目的は、ポオの『ユーラルーム』を確認するためです」

「『ユーラルーム』というのはポオの詩で」と、オストランダー教授は説明を始めた。「私の同僚であるパトリック・ルアク氏がポオ直筆の原稿と判断したものを、先ごろ大学が購入し……」

「はい結構」ブーン巡査部長はオストランダー教授の話を遮った。そして、「いまは、詩はどうでもいいんですわ」と言って、ジャド・フィリップスのほうを向いた。「次はおたく。おたくは何でここに？」

フィリップス氏は蔑むような目をして微笑んだ。

「私はオストランダー教授とともに『ユーラルーム』を確認するために来ました」声にわずかに不快感が表れていた。腹立たしい質問だ、とでも言いたいのだろう。「名前はジャド・フィリップスです。チェスナット・ヒルに住んでいます」

巡査部長には名前などどうでもよかったにちがいないが、本人は名前を聞いてピンときてもらいたかったのは明らかだった。

「ってことは、この学校の人じゃありませんな？」

「現在は違います。校友ではありますが」

「フィリップス氏は」と、オストランダー教授が口を挟んだ。「この大学の卒業生だということです」

巡査部長は、なるほどというようにうなずいたものの、同時に、説明が必要とオストランダー教授が判断したことにむっとしたようだった。そして、ヘレンのほうを向いた。

「次はあなた」

私に肘を小突かれ、ヘレンはようやく話しかけられているのに気づいた。死体の第一発見者となってから放心状態だったのだ。これには文句は言えまい。

「わた、わたしはヘレン・ブラックです」まるで咎められているかのように身構えて答えた。「アメリカ文学室の受付をしています」

「ミス・ブラックが発見者なのだよ――死体の」オストランダー教授がまたもや口を挟んだ。最後の一言は、微妙に声を低くした。

巡査部長の目がきらりと光った。いまにも次の質問をしそうだったが、気が変わったらしい。

「あとでまた、質問させてもらいますよ、ミス・ブラック」とだけ言って視線を私に移すと、表情を変えた。

「おや、お嬢さん、以前にどこかでお会いしましたかな？」巡査部長の声に力がこもった。

同席の三人がいっせいにこちらを向き、前科でもあるのかと疑うような目をした。皆の期待に応えようと、私はわざとあいまいな答え方をした。

「ええ、ブーン巡査部長。去年のフラッグ殺害事件（一九四一年に刊行されたA・R・ロングの著書『Four Feet in the Grave』で描かれた事件）を覚えていらっしゃいますか？」

三人が目を丸くしたので私は大満足だったが、そんなもくろみを巡査部長は台無しにした。

「おお、あなたか！」巡査部長は歯を見せて笑った。「思い出したよ。ミス・キャサリン・パイパーだ。ミスター・トリローニーの友だちの。自分より先に事件を解決したと彼は言っておりますぞ」

私が法と秩序の側だったとわかってヘレンはがっかりしたようだったが、巡査部長が私をテッド・トリローニーの「友だち」と呼んだのには目を輝かせた。男女二人のあいだでどちらか一方を友だちと呼ぶとき、それはヘレンにとって恋人という意味だった。

「このシュルツという男が入ってきたとき、ミス・パイパー、あなたはここにいたのですかな？」ブーン巡査部長が次にこう質問したので、私はそうだと答えた。「なるほど。では、シュルツが入ってきてからミス・ブラックに発見されるまでのことをすっかり話していただきましょう」

ほかの皆が今夜何をしていたか話すために、私の夜は明けてしまいそうだった。今回は正義の名の下に、ジェイミーが私のところに来たのはヘレンが部屋を出た直後でなくたっぷり二分は経っていたと言うべきか迷ったが、言わないことにした。ジェイミーはアーチーが殺される前に図書館から出ていったのだし、ここでジェイミーを巻き込んだところで何かが解決するとは思わなかったからだ。

一本目の電話のところまで話が進むと、巡査部長は片手を上げて話を中断させ、ジャド・フィリップスのほうを向いた。

「すると、殺《や》られる直前、シュルツはおたくと電話で話そうとした。どんな用件だったか見当がつきますかな？」

「いや、まったく」と、フィリップスは答えた。「その男とはいっさい面識はありませんでしたから。

思い出すかぎり、今夜まで見たこともありませんでした」

フィリップスはそう言い終えると、反論があるなら言ってみろとばかりに口を真一文字に結んだ。どういうわけだか、フィリップスの言っていることは全部が真実でないような奇妙な感覚に私は襲われた。

「いいでしょう。じゃ、ミス・パイパー、続けて」

そして私は二本目の電話のことを話しはじめた。アーチー側の会話の内容を伝えていると、オストランダー教授が突如として息を弾ませ、口を挟もうとしたが、巡査部長に手振りで遮られた。

「落ち着いてくださいな、教授さん。すぐに話を聞いてあげますよ。ほかにはあるかな？　ミス・パイパー」

「もう、そんなにありません」と私は答え、「ちょうどそのときブラックさんが戻ってきました。そして、シュルツさんが書庫に入ってきて、それで――二度と出てこなかったんです」と、余計なことをつけ加えた。

「そのあと、あそこに入った人は？」

「この入り口からは誰も」

巡査部長はこの一言を聞き逃さなかった。

「ってことは、誰かが入った可能性のある入り口がほかにもあるんですかな？」と、すかさず訊いてきた。

「あと二つあります」と私は答えたが、すぐに訂正した。「あ、いえ、あと一つです。もう一つの部屋の中央受付のところです。キャンパスに直接出られる非常口もあるんですが、内側からしか開きませんから」

　ブーン巡査部長は、隣のテーブルで目立たないように聞き取ったことを一字一句速記していた私服刑事のほうを向いた。

「急いで隣の部屋に行ってくれ、ジャクソン君。本のしまってある奥の部屋に誰かを入れたかどうか、受付の若者に訊いてきてくれ。時間は……」と言いかけ、巡査部長は答えを求めるように私を見た。

「シュルツさんが書庫に入ってきたのは、八時四十五分くらいでした」

「八時四十五分以降だ」と、巡査部長は締めくくった。

　私服刑事は黙ってうなずくと出ていった。私はちょっとした興奮で背中がぞくぞくした。巡査部長の腹の内がわかったからだ。つまり、アーチーのしゃべっていた内容から判断すると、アーチーが電話の相手と会うために書庫に入ったのは明らかで、アーチーが電話の相手に殺されたのはほぼ確実だったからだ。電話のあとに書庫に入った人物がわかれば……。

　待っているあいだに、ブーン巡査部長は死体を発見したときの様子をヘレンに訊きはじめた。すでにわかっていること以外で重要なことはなかったが、アーチー・シュルツが書庫に入っていったあと十五分くらい私の姿が書庫の中で見えなくなったというようなことをヘレンは言おうとした。私が犯人の可能性があるとほのめかしているのだ。ヘレンが話を終えたところで、ジャクソン刑事が戻ってきた。今夜の中央受付担当の若者と一緒だった。モートン・ミッグズという名の学部生だ。

「今夜はこの子がずっといたそうです、巡査部長」と、ジャクソンは言った。「八時以降、書庫とかなんとかいう部屋の出入りは一切なかったそうです。ですが、それ以外に部長にお聞かせしたい話があったので連れてきました」

巡査部長がそちらを向いた。

「それじゃ、坊や、全部ぶちまけちゃって」

モートンはそわそわして、少し怯えた様子だった。注目されたことも注目されたいと思ったこともなく大学を卒業していくタイプの男の子だった。そういうわけで、思いがけず注目の的になり神経が高ぶっているのが手に取るようにわかった。

「い、いえ、そんなにたいしたことじゃないんです。お巡りさん」口ごもりながら彼は言った。「ほんの数分、受付を離れたんです。だからそのあいだに、許可書を見せないで書庫に入った人がいたかも、と思って。それは禁止なんですけど」

ブーン巡査部長は食いつかんばかりだった。「もちろん、いたかもしれないねえ！　受付を離れたのはいつごろかな？」

「オストランダー教授が大閲覧室に入ってきて電話ボックスの私設電話を使った、そのすぐあとです」と、モートンは言った。これはもちろん、オストランダー教授が事件を警察と学長に知らせるために電話をかけに行ったときのことを言っているのだ。「若い女の人が入ってきて、閲覧申請カードに記入して、本を取ってきてほしいと言ったんです。その本は地下の書庫にあって、夜の九時以降は中央受付は僕一人になっちゃうんで、本を取りに行くあいだ受付は無人だったんです」

「だが、君がいないあいだに誰か来たなら、君に本を取りに行かせた娘さんは何か言うんじゃないかな？」

モートンは、ますますそわそわしはじめた。「いや、実は、戻ってきたら、その人はいなくなってて」

巡査部長は唸った。

「それは君の知ってる人かな？」厳しい口調だった。

モートンは首を横に振った。

「顔はよく見るんですが、名前は知りません。たくさんの人が……」

ヘレン・ブラックが口を挟んだ。

「その人の書いた閲覧申請カードに名前があるはずですわ。ミスター・ミッグズがまだ持っていればば」

とたんにモートンは、助かったというような安堵の顔になった。

「ええ、そのとおりですね！　えっと、どうしたんだったかな？　本も受け取らずにいなくなったんでゴミ箱に捨てちゃったかな、それとも……」

すると、またもや話に邪魔が入った。今度は、書庫のほうからどしんどしんと鈍く響く足音だった。やがて、書庫で任務に当たっていた私服刑事の一人が姿を現した。誰かを連れていた。

「見つけましたよ、巡査部長」私服刑事はにやりとした。「非常口からこっそり逃げようとしていたところを捕まえました」

私服刑事に背中を押されて部屋に入ってきたのは、なんとジニー・パット・ソーンダイクではないか！

「この人だ！」モートンミッグズは悲鳴のような声を上げ、ジニー・パットを指さした。興奮しすぎて、礼儀も文法も忘れてしまったようだった。「この子のせいで、僕は本を、取りに行かされたんだ！」

「わかった、わかった！」巡査部長は身振りでモートンを脇にどけ、ジニー・パットが立っている受付机に一歩近づき、「本当かね？　お嬢さん」と、無愛想に訊いた。

ジニー・パットは自分の腕をつかんでいる私服刑事の手を払いのけ、机の後ろから出てきた。顎を上げ、目をぎらぎらさせている。

「もちろん、本当ですわ」反抗的な口ぶりだった。「それにしても、本を読みたいってのが犯罪だなんて初めて知りましたわ」

巡査部長は聞き流した。

「おたく、名前は？」

「ヴァージニア・パトリシア・ソーンダイク。あなた、お名前は？」

「ウィリアム・ダニエル……そんなことはどうでもいい！　いくつか質問するよ。あそこで何をしてたのかな？」

「言ったでしょ。本を読みに来たんです」

「この坊やが持ってくるのを待ちきれないくらい急いでいたのかな？」

この質問で事件が解決すると巡査部長が思っていたとしたら、そう甘くはなかった。

「あの子が行っちゃったあと」ジニー・パットはひるまない。「ほかにも読みたい本があるのを思い出したんです。それで、その本が書庫の一階のどのへんにあるかわかってたから自分で取りに行ったんです」そう言うと、片方の脇に抱えていたマーク・トウェインの『イノセンツ・アブロード』を勝ち誇ったように見せた。

巡査部長は本を一瞥して、質問を続けた。

「その本を見つけたのに、どうして出てこなかったの？　どうしてずっとあそこにいたの？　たったいま、どうして非常口から逃げようとしたの？」

ジニー・パットが一芝居打っているのは私には一目瞭然だったが、ここで初めて、幕引きの成功が怪しくなってきた。

「えーっと」ジニー・パットは視線を床に落とし、おぼつかない口調で言った。「出ようとしたんですけど、え、えっと、中央受付の前に大きなお巡りさんが立ってるのが見えて、あたし、お巡りさんが嫌いなんで――いつも交通違反切符を切られてるから――だから、また戻って、書庫の中を抜けてこっちの出口から出てこようとしたんです。で、ちょうど半分の曲がり角まで来たら、こっちからお巡りさんがもっとたくさん来るみたいな足音がして、嫌だなと思って、だから、あ、あの、近くの凹んだ場所に隠れて通り過ぎるのを待ってたんです。でも通り過ぎなくて。お巡りさんたち、角の凹んだ場所に入っていっちゃって、出てこないんだもの。そ、それで、非常口のことを思い出したんです」

話し終えたジニー・パットは目を上げ、信じて、と哀願するように巡査部長の顔を見た。巡査部長は疑うような目でにやりとした。

「ほう、お巡りさんが嫌いかい」巡査部長は大袈裟に、それはお巡りさんがかわいそうだという顔をした。「なんとも残念だね！」そのあと厳しい顔になり、声も厳しくなって、「だったら、人殺しも嫌いだろう」と、吐き捨てるように言った。

ジニー・パットは口をぽかんと開けた。

「は、はあ！」声とも息ともつかなかった。もうこれは芝居ではなかった。「人、人殺し？」

「じゃあ、何の騒ぎだと思ってたのかな？　お巡りさんの集会かい？　おたくが隠れていたあの中で、アーチー・シュルツって男が絞め殺されたのを知らないなんて言わんでくれよ」

ジニー・パットは無言になった。

そのとき、別の声がした。

「おそらくミス・ソーンダイクは、ポオの手稿のことであなた方がここに来ていると思ったのでしょう、巡査部長」

まるで整列の訓練中に軍曹が「回れ右」と怒鳴ったように、私たちはいっせいに振り返った。大閲覧室とアメリカ文学室のあいだのアーチ道に、エドワード・トリローニーが立っていた。その後ろにいるのはルアク教授とクライド・ウッドリングだ。

「どうしてここへ？」ブーン巡査部長は思わず大声を出した。明らかに、誰よりも驚いていた。

「オストランダー教授が学長に電話して事件を伝えたあと」とトリローニーは巡査部長に説明しながらも、目はジニー・パットから離さずにいた。「学長が検事に電話して、僕をここへ寄こしてほしいと言ったんです。僕はここの卒業生なので手稿の件で何か役に立ちそうだと学長は思ったようです」

「手稿の件？」ブーン巡査部長は怪訝そうにくり返した。「意味がわかりませんな。何の手稿ですかな？」

今度はトリローニーが驚いた顔をした。

「聞いてないって言うんですか？」トリローニーは語気を強めた。

オストランダー教授が、待ってましたとばかりに咳払いした。

「ずっと話したいと思ってたんだがね、巡査部長」と、教授は言った。「ポオの手稿が盗まれたんですよ」

第三章　だまされてるんじゃないか

「話を整理させてもらいましょう」と巡査部長は言うと、オストランダー教授のほうを向いた。「おたくと、ここにいるミスター・フィリップスはその手稿とやらを見に来て、それがかっさらわれていたのを発見したってわけですな？」

　オストランダー教授は大きな頭でうなずいた。

「その、とおり」もったいぶった口調だった。

　ルアク教授が喉の詰まったような奇妙な唸り声を上げ、そして振り返り、『ユーラルーム』の収められていたガラスケースが置いてあるアルコーブに目を遣った。

　巡査部長はルアク教授のほうを見た。

「おたくはどなた？　それとその男性は？」巡査部長はクライド・ウッドリングを顎で指した。

　トリローニーが二人を紹介した。

「ポオの手稿を最初に見つけたミスター・ウッドリングです。そして手稿が本物だと判断したルアク教授です。手稿が盗まれたと聞いて、少しでも手稿と関わりのある人、全員と話がしたいと思ったものですから、電話して二人にも来てもらいました」

「手稿の盗難と殺人とは何らかの関係があるとお考えなんですな？　その手稿ってのは、どのくらいの価値があるものなんでしょう？」

ルアク教授が初めて口を開いた。「一か月も経っていない話ですが、大学は一万ドル払っています」

「一万！」巡査部長は相当な驚きようだった。「その、ポオって人はすごいもんですな！　ハリウッドの脚本家でしょう」

その瞬間、ルアク教授が怒りを爆発させるか、それとも気を失って静かに倒れるか、可能性は五分五分といったところだった。

「エドガー・アラン・ポオは」救いようのない人のためのとっておきの声でルアク教授は言った。「一八四九年に死んでいます。アメリカの偉大な詩人の一人です。もっとも偉大とは言わないまでも」

そんなことも知らないのかと言いたそうなルアク教授の口調に、巡査部長はむっとした。

「ほう？」議論をふっかけようとしている口ぶりだった。「あのエディ・ゲスト（エドガー・A・ゲスト。一八八一～一九五九。英国生まれ、アメリカの詩人。日常をテーマにした情感と希望に満ちた詩を多数描き、新聞や詩集で多くの国民に読まれた）より優れてるとでも？」

「申し訳ないが、その質問にはお答えしかねる」ルアク教授の声はナイアガラの滝さえ硬く凍らせそうなトーンだった。「それを議論するには時間が足りないでしょう」

「それより」トリローニーが割って入った。「まずは、手稿が収められていた場所を見たいんですが、一緒に来てくれますか、巡査部長」

二人はアルコーブに行き、しばらく戻ってこなかった。きっと、私たちから聞いた話を巡査部長がトリローニーに伝えていたのだろう。

二人を待つあいだ、クライド・ウッドリングが部屋を横切って、私のもとにやってきた。

「いったい何が起こったんだい？　ピーター」クライドは周囲に聞こえないよう声を低くして言った。

「君の友だちのトリローニーさんは、ポオの手稿が消えちゃったことと、誰かが殺されたってことしか教えてくれなかったんだ」

「そのとおりよ。アーチー・シュルツが……この奥の書庫で。ああ、クライド、恐ろしいわ！」

「シュルツが？　なんてことだ！」クライドは思わず、書庫の出入り口に目を遣った。「どうやって？」

「首を……絞められたの」こう言うと、私は自分まで首を絞められている気分になった。言葉にしただけで、舌をだらりと垂らし目を剝き出したアーチーの恐ろしく歪んだ顔がよみがえってきた。

それに気づいたらしく、クライドはそれ以上詳しく訊こうとはしなかった。クライド自身も微かに震えているように見えた。

そこへ、ブーン巡査部長との話を終えたトリローニーがアルコーブから戻ってきて、私を手招きした。

「ピーター。巡査部長によれば、君は書庫の入り口のちょうど裏側に座っていて、ミス・ブラックがカーニーって青年のために本を捜しに二階へ行っているあいだ、シュルツがこの受付机で二度電話するのを聞いたんだってね。もう一度、何をしゃべっていたのか一言一句正確に、思い出せるかぎりで話してくれるかい？」

この話をするのは今夜三回目だったが、私は一通り話した。トリローニーは注意深く聞いたあと、こう質問した。

「その二本目の電話のとき、シュルツがつないでもらおうとしていた番号を覚えていないんだね？」

「ええ、ちょうどミスター・カーニーと話していて聞こえなかったのよ」そのとき、殺されたはずの時間帯に書庫には私以外いなかったとヘレンがちらりと言っていたのを思い出し、慌ててつけ加えた。「でも、ちょうどそのときミス・ブラックが入ってきたから、彼女が聞いていたかもしれないわ」

ヘレンは、やってはいけないことをやって捕まったような顔をした。

「聞きました」嫌そうにヘレンは答えた。「番号は忘れましたけど、でも、大学内の番号だったような気がします」

「番号は本当に覚えていないのですね？」トリローニーは問い詰めるように言った。「よく思い出してください、ミス・ブラック。非常に重要なカギになるはずですから」

すべての謎を解くカギは自分の手中にあるけれども、それを渡すのは私が思う存分楽しんでからよ、とでもいうようにヘレンは取り澄ました顔をした。

「そのうち、きっと思い出しますわ」余裕たっぷりの口調だった。「必死に思い出そうとしなければ、自然に出てくると思いますの。そういうものじゃないかしら」

「では、自然に思い出したら、すぐに教えてください」とトリローニーは言って、巡査部長のほうを向いた。「ということで巡査部長、大学の電話交換手に確かめるよう部下に頼んでもらえませんか？情報は得られないかもしれませんんが。今夜はおそらく、図書館からかけた電話が多かったでしょうから……。ところで、カーニーとは話しましたか？」

「いや、ミスター・トリローニー、話しとりません」と、巡査部長は言った。「ガイシャが殺《や》られる前に図書館を出ていったようでしたんで、関係ないかと思ったんですがね」

「ほかのみんなと同じように、その青年にも一つ二つ質問しておきたいんです。どこに住んでいるか知りませんか？　ミス・ブラック」

ヘレンは上っ張りのポケットからしわくちゃの閲覧申請カードを取り出し、トリローニーに手渡した。

「ここに書いてありますわ」

トリローニーはカードを見ると、隣のテーブルで速記を再開していたジャクソン刑事に声をかけた。

「ジャクソン刑事、ひとっ走り男子寮のマクファーレン・ホールまで行って、ミスター・ジェームズ・カーニーをここに連れてきてくれないかい」そう言って、マクファーレン・ホールへの道順を説明した。

トリローニーがやってきて注目がそちらに集まっているあいだ、ジニー・パットは目立たないよう静かにしていたが、ジャクソン刑事が使い走りに行ってしまうと口を開いた。

「すみません」消え入りそうな声だった。「あたし、行ってもいいですか？　シュルツさんを殺した人のことは何も知りませんから」

彼女がいるのを忘れていたとでもいうように、トリローニーはくるりとそちらを向いた。

「ええ、もちろんです。ミス・ソーンダイク」丁寧な口調だった。「いつでもお帰りください」

ジニー・パットはほっとしたと同時に、意外そうでもあった。ありがとうとばかりににっこり微笑むと、トリローニーの気が変わらないうちに逃げるように出ていった。

ブーン巡査部長は不満そうだったが、黙っていた。額面上はブーンがこの事件の捜査責任者とはいえ、私たちの前で検察局の特別捜査官に盾突いたり反論したりするほど愚かではなかった。だが、トリローニーは彼の表情に気づいていた。

「ミス・ソーンダイクを帰したことについては私が責任を持ちます、巡査部長。私がここに来たとき中央受付の若者が話しているのが聞こえたんですが、彼女は手稿の盗難と殺人があったあと、ここに入ってきたそうじゃありませんか。どちらの事件にも関係していないと考えて差し支えないと思います」

巡査部長は曖昧な唸り声を上げた。

「わかりました、ミスター・トリローニー。そうおっしゃるなら。あの娘の話はどうも解せませんでしたが」

トリローニーは私たちに向き直った。

「アーチー・シュルツ殺害とポオの手稿の盗難との関係を考えたとき、二つの可能性があります」と、トリローニーは話しはじめた。「シュルツが手稿を盗んで共謀者であろう人物に殺されたか、もしくは盗まれているのをシュルツが発見して、盗んだ犯人にそのことをうっかり電話でしゃべって殺されたか、そのどちらかです。ミス・パイパーが聞いていた話の内容からは、解釈によってどちらの仮説も考えられます。ですが、シュルツが以前から手稿に関心があったかどうかがわかれば、どちらが正解かを判断する手がかりになるでしょう。ルアク教授、いかがですか?」

「ふむ……イエスともノーとも言える」と、ルアク教授は煮え切らない返事をした。「授業でこの作品をとり上げていたのだから、関心を持っていたのは当然だ。ちなみに、ここにいる全員がその授業を受けている学生なのだよ。だが、彼が誰より関心を持っていたかというと、何とも言えないね」

トリローニーはうなずいた。「皆さん、ほかに何か言っておきたいことはありますか?」

「あります」意外にもヘレンが進み出て言った。アーチーは死んでしまって、何を言われようともはや関係ないのだから、知っていることをしゃべってせいぜい楽しまなきゃ、と不意に思い立ったような様子だった。「展示されてまもなく、シュルツさんは手稿を何度か見に来ました。あるとき、どうしてそんなに興味を持っているのかと尋ねたら、研究レポートを書くためによく見ておきたいんだと言ってましたわ」いかにもその理由を疑っている口ぶりだった。

トリローニーは、またもやルアク教授のほうを向いた。「シュルツの研究テーマは何だったんでしょうか?」

「文芸批評を除いた、エッセイストとしてのポオだ」と答えてから、ルアク教授はこうつけ加えた。「シュルツ君は私が考えていたよりも高い研究能力を持っていたようだ」

「『ユーラルーム』の手稿をじっくり見ることが、そのテーマに当てはまるのですか?」トリローニーは興味を示した。

「一八四一年から四二年にかけての冬」ルアク教授は無意識に講義の口調になっていた。「ポオは『グレアムズ・マガジン』にサインについてのエッセイを書いている。百人ほどの著名な文筆家のサインを載せ、それぞれの下にその文筆家の代表作を記した。手書きの文字に表れた人物像を短い文章でつけ加えたものもある。彫版師を生業としているシュルツ君は手書きという題目に興味を持ち、自分のレポートのこのユニークなエッセイをとり上げたセクションに、ポオ自身を加えようとしたのだろう」

「するとミスター・シュルツは彫版師で、手書きというものに興味を持っていたと」トリローニーは考え込んだ様子だった。

「僕の推理を言ってもいいですか?」と言ったのはクライド・ウッドリングだった。トリローニーはうなずいた。「僕は最初の説が正解で、シュルツが手稿を盗んだんだと思います。彼は電話で『手元の書類カバンの中』と言ったんですから、少なくとも僕は、それが疑いの余地のない証拠だと思います。ルアク教授がおっしゃったように、シュルツはプロの彫版師です。入手先など気にしない収集家に売る目的であの直筆の原稿を盗み、研究レポートのためにじっくり見ていると称して作った複製――つまり偽造です――を代わりに置こうとしていた可能性はないでしょうか？」

トリローニーはしばし考えていた。

「興味深い推理だね、ミスター・ウッドリング。でも、一つ問題がある。本物を偽物とすり替えるためにシュルツがここに来たのだとしたら、なぜ、そうしなかったんだろう？　チャンスはあったはずだ」

クライドは微かに笑みを浮かべると、取るに足らない推理をしましたとばかりに肩をすくめた。「たしかに、僕の論理展開はその部分が説得力に欠けていると思います」と言ってから、「もしかしたら」と、たったいま頭に浮かんだ別の推理で辻褄を合わせようとするように話を続けた。「偽造した手稿に土壇場になってまちがいを見つけて、すり替えるのをあきらめたとか。ほら、困ったことが起こったと電話で言っているのを、ミス・パイパーも聞いているじゃありませんか」

オストランダー教授が唇のあいだから息をぷぅと漏らした。横から口を出す前触れだった。

「私にも言わせてもらえるなら」と、オストランダー教授は言った。「君たちはまちがった前提のもとに推理しているのではないかな。シュルツ君は手稿を盗んでもいなければ、盗まれているのを発見したのでもないだろう。盗難などなかったと、実のところ私は思っている。彼は置いてあるのが偽物だと気づいた、というのが私の考えるところだ」

「猫が来た！」という声を聞いた小型犬のように、ルアク教授はさっと頭を上げた。

「私が確認した手稿が本物でなかったとおっしゃりたいのなら」ルアク教授は吐き出すように言った。「それはまちがいだ。私の名誉にかけて、あれは本物だった」

オストランダー教授は嫌な笑い方をした。

「ふむ」冷ややかにオストランダー教授は言った。「名誉はすでに危ういようですな」

ルアク教授の顔は爆発寸前のかんしゃく玉のようになった。爆発する前にトリローニーが割って入った。

「それは穏やかでないご意見ですね、オストランダー教授。一つの可能性としておっしゃっているんでしょうか。それとも、もっと明白な理由でも？」

そう言ってから、「まるでロイヤルストレートフラッシュが揃ったみたいな顔していますよ」と、つけ加えた。

「まずは」オストランダー教授はもったいぶって話しはじめた。「そもそもなぜ私が手稿を確認するためにここへ来たのか、そして、やはりポオの権威であるフィリップス氏に今日の午後電話して同行をお願いしたのか、その理由をお話ししたほうがよさそうだ。けさ、郵便でこれを受け取ったのです」

オストランダー教授はポケットから封筒を取り出し、テーブル越しに差し出した。トリローニーはそれを受け取ると、中から一枚の紙を出して、目の前に広げ、声に出して読みはじめた。

オストランダー先生
例のポオの直筆の原稿に透かしがあるのをご覧になったでしょうか？　ご覧になったなら、きっと驚くことを発見するでしょう。

友人より

トリローニーはしばらくその便箋を見つめてから封筒にしまったが、教授には返さなかった。

「差出人のお心当たりはありますか？　消印はこの地区のものですが」

「いや、心当たりはない。だが、言いたいことは明白だ。詩の書かれた紙に入った透かしを見れば、その紙が製造されたのはポオの時代より新しいことがわかると言いたいのだよ。つまり、あの手稿は何から何まで偽物だとね」

「だとすれば、手紙の主は戯言を言っているか、意図があって嘘をついているのでしょう」ルアク教授はきっぱりと言い放った。「しかし、何にせよ、おかしいと思ったなら私に連絡してくるのが筋だと思われますが。そもそも手稿を本物と判断したのは私なのですから」

「私があなたにお伝えしなかったのは、あなたの判断に敬意を払ってのことでした」とオストランダー教授は答えたが、お世辞なのは明らかだった。「このような匿名の手紙をあなたにお見せするのは侮辱に値すると思えましてね。これが変人のいたずらなのかどうかを最初に確認しておきたかったのですよ」

「ええ、あなたのやってることみたいにね」と、私は心の中で言った。「あれが偽物じゃなくて、ルアク教授をこんな目に遭わせて、しかもこれが、あなたの必死に考えた策略なのだとしたら、大きな代償を払うことになるわよ」

苛立ちを募らせていたブーン巡査部長が、ついにしびれを切らした。

「手稿のあれやこれやが、教授さん方にとって大切なのはわかりますがね」巡査部長は話を中断させ、「私と部下たちは殺人事件の捜査に来たんですよ。そんなことばかり話していても埒が明かんでしょう。なにしろ」と、トリローニーのほうを向いた。「われわれはまだ殺人犯の侵入経路すらわかっておらんのです」

「巡査部長、どんな殺人事件でも」と、トリローニーはぼそぼそと言った。「もっとも重要な要素は動機と機会の二つです。そして、動機についてはおっしゃるように充分に議論しました。機会については、誰に機会があったかは、まだわからないものの、その人物の侵入経路の見当はついています」

「なんですと？」巡査部長は驚いた顔をした。「犯行現場を見てもいないのに、犯人の侵入と逃走の経路がわかったとおっしゃるんですか？　なんてこった、ミスター・トリローニー！　もし本当なら天才だ！」

トリローニーはにやりとした。

「そんなに難しいことではありませんよ。書庫へ通じる通常の二か所の入り口、つまり、図書館員と必ず顔を合わせることになる入り口だけに気を取られていますね。だから、行き詰まってしまうんです。私がここへ来たとき、ミス・ソーンダイクが非常口とかなんとか言っていたと思いますが？」

「たしかに。ですが、あのドアは内側からしか開かないとミス・パイパーが言っとりますよ。犯人はそこから逃げることはできても、最初にどうやって入ってきたんですかな？」

「非常口を見てからのほうが、きっとうまく説明できると思います」と、トリローニーは言った。

「ピーター、巡査部長がミスター・カーニーをここで待つあいだ、非常口まで案内してくれるね」

私は先に立って書庫へ入ったが、私がいなくても彼が非常口を見つけられることはわかっていた。

別の理由があって、私をほかの人から離れたところに連れていきたいのは明らかだった。二メートルも進まないうちに、その理由がわかった。

「ピーター、教えてほしいんだ」後ろのほうに聞こえないようトリローニーは声を潜めた。「そのカーニーって青年とミス・ソーンダイクはどんな関係かい?」

「関係?」私は驚いてくり返した。「関係があるなんて、どうして思うの?」

トリローニーは私の質問に、別の質問で答えた。「二人が揃いも揃って図書館員に本を取りに行かせるなんて、ちょっと偶然過ぎると思わなかったかい?」

「いいえ」と、私は言った。「学生が図書館員に本を取ってきてもらうのは普通だわ」

「そうかもしれない。でも、それじゃ答えになってない。二人は何かしら関係があるだろう?」

「そうね」私の答えは、なかなか賢明だった。「強いて言うなら、二人ともルアク教授のセミナーの受講生ってことね。でも、あなたがジニー・パットを家に帰したとき、彼女には怪しいところはないって言ったと思ったけど」

「いや、手稿は盗んでいないしシュルツも殺していないだろうと言っただけだよ。それとこれとは話が違う。ピーター、君の親友ジニー・パットはどこかでこの事件に関わっているよ。それだけは断言できる。どこで関わっているのか突き止めるのは、君が頼りだ」

ルームメートを監視しろという一方的な指図に、私は憤慨して抗議しようとしたが、ちょうどそのとき、ブーン巡査部長が犯行現場と呼んでいた場所に着いてしまった。

奥まったスペースの吊り電灯は、書架の奥のスイッチ盤で操作する。電灯は点けられていたので、梯子の向こうから恐ろしい形相でこちらを見つめていた死体はありがたいことに移動されているのがわかった。まだ私服刑事が数人いて、指紋採取やら写真撮影やら、器械を使って熱心に作業をしていた。トリローニーが立ち止まり、そのなかの一人に話しかけた。

「有力な手がかりは見つかったかい？　ウェイド」

一列に並んだ本に細かい黄色の粉を振りかけていた刑事が、手を止めてこちらを向いた。

「ミスター・トリローニー、指紋があまりにも多すぎまして、いったいどれが重要なんだか。それに、どれも古いみたいなんですが、ただ、その本棚の端に女性のものと思われる一組と、ガイシャのものと特定された二、三の指紋が見つかりました。ガイシャは相当な速さでつかみかかられたんでしょう。抵抗したり叫んだりする暇さえなかったようです」

トリローニーはうなずいた。

「本棚の端の指紋は、おそらく死体を発見した図書館員のものだろう」と、トリローニーは言った。「ところで、このあたりで書類カバンを見かけなかったかい？」

「いいえ、見かけてません。でも、ほかの仕切り部分を探してみますよ。誰か、なくしたんですか？」

「たぶん被害者がね。でも、わざわざ探さなくていいよ。おそらく犯人が持っていったんだろう」

私たちは非常口に向かった。それはちょうどL字形の直角の曲がり角にあった。ノブがなく、金属バーを向こう側斜めに押し下げて開けるタイプの扉だ。

トリローニーは扉を丹念に見ていたが、決して触らなかった。そして、先ほどの刑事に呼びかけた。

「ここに来てから、誰かこの扉を開け閉めしたかい？　ウェイド」

私服刑事は書庫の曲がり角に向かって頭を突き出した。「ええ、検視課の連中がそこから死体を運び出しました。図書館の真ん中を通って運ぶよりいいと思ったんでしょう」

　トリローニーは、がっかりした様子だった。

「残念だな。いまの作業が終わったら、万が一、被害者の指紋が残っていないか、念のため、この金属バーも調べてくれないかい」

「被害者の指紋……」と私は言いかけ、口をつぐんだ。「ああ、そういうことね！」突然気づいて、息を呑んだ。

「そのとおり」それを見たトリローニーはうなずいた。「ほかの二か所の入り口からは姿を見られずに入ることはできないはずだから、シュルツは自分で犯人をこの扉から入れたんだろう」

第四章　その鎖を彼の腰のまわりに巻いて……

アメリカ文学室に戻ると、ジェイミーがいかにも正直者のような真面目な顔つきでいたので、私は気が重くなった。こんな純真無垢な表情をしているときは、決まって、何かとても恐ろしいことを隠しているからだ。

だが、巡査部長はその顔にうまく騙されているようだった。

「こちらがミスター・カーニーです、ミスター・トリローニー。あなたとミス・パイパーが行ってしまってすぐ到着したんで、話してたところなんです。二本の電話についてはミス・パイパーの証言と同じでしたよ」

トリローニーは、さっと品定めするようにジェイミーを見た。

「ミスター・カーニー、あなたは手稿の盗難も死体も発見される前に、閲覧室を出たってことでしたね。絶対に、殺人の犯行時刻より前ということで、まちがいないですね？」

ジェイミーは黙ったまま、ただ仰天した顔でトリローニーを見つめていた。

「何の……犯行時刻ですって？」と、ジェイミーは訊いた。「僕が思ったのは……」

「ん？」と、トリローニーはすかさず言った。「君が思ったのは……？」

「い、いいえ、なんでもないです。僕を呼びに来た男の人は、言わなかったものですから——殺人だなんて。た、ただ、図書館で事件が起こったとしか」

「ええ、事件が起こったんですよ」トリローニーは冷ややかに言った。「今夜、アーチー・シュルツという男性が八時五十分から九時半くらいのあいだに書庫の中で殺され、それに加えて、ポオの手稿が盗まれたんです」

ジェイミーは何も答えなかった。頭がくらくらしている様子だった。

「そこで、あなたは閲覧室を出たあと」と、トリローニーは続けた。「図書館内の別の場所へ行ったんでしょうか、それとも建物を離れたんでしょうか？」

「建物を離れました」いっそ町も離れていればよかった、と思っている声のトーンだった。

「それで、そのあと、どこへ向かったんですか？」

「男子寮の自分の部屋へ戻りました」

「途中、誰か知り合いに会いましたか？」

「いいえ、誰にも……」突如としてジェイミーの顔が蒼白になった。「ちょっと、ミスター・トリローニー」出し抜けにジェイミーは言った。「僕のアリバイを確かめてるんじゃないでしょうね？　まさか僕が……」

「違いますよ」と、トリローニーは答えた。「そんなことを訊いてるんじゃないです。あなたはミス・パイパーと一緒に電話の内容を聞いていて、シュルツが誰かと会うために書庫に入ってきたのだと気づいたでしょう。そして、その誰かが殺人犯にちがいないことも気づきましたね。時間的に見ると非常に近いので、あなたが図書館を離れるとほぼ同時にその人物は図書館に向かってきていたにちがいないのです。もしかしたら、その人物とすれ違って、姿を見ていないかと思ったのです」

「ああ」と、ジェイミーは心から安堵したようだった。「いえ、誰ともすれ違っていません」

トリローニーは閲覧テーブルまで行くと腰を下ろした。私もあとに続き、その隣に腰を下ろした。

「君もシュルツと同じく、ルアク教授のポオのセミナーを取っているんだね？　カーニー君」と、トリローニーは砕けた口調で訊いた。

「そうです」

「カーニー君は音楽をやっていてね」と、ルアク教授が話に加わってきた。「ポオの短い詩に曲をつけるという作業に取り組んでいるところなんだ。創作におけるポオの哲学と方法論への理解を深めるためにセミナーを取っているんだよ」

「ほう！」トリローニーはその話に食いついた。

「とすると、君はこの大学ではポオのセミナーしか取っていないということかい？」

「そうです」ジェイミーは何の気なしに答えた。

トリローニーはヘレンからもらったくしゃくしゃの閲覧申請カードをポケットから出し、テーブルの上に広げた。隣に座っていた私は、そこに書かれた文字を読むことができた。トマス・ボビー著『天体暦』を閲覧申請していた。

トリローニーは三十秒ほどカードを見つめているようだったが、いきなり鋭い口調で言った。

「カーニー君、ポオの授業しか取っていないなら、どうして今日は天文学の本を頼んだんだい？」

ジェイミーは不意を突かれた顔をしたが、それも一瞬だった。こんなに素早くいつもの顔に戻れるとは、まるで神業だ。

「ちょっと難しい話になりますけど」と、ジェイミーはこの上なく屈託のない笑顔で答えた。「納得していただけるよう説明できると思います。ポオの詩の一つにこんなふうに詠ってる部分があるんです。『輝きを纏うたアシュタルテの三日月の形が』『獅子の座を通り抜け』て上り、『星時計が暁の到来を告げる』と。もちろん、順序はこのとおりではありませんが、要は、バビロニアの占星術ではアシュタルテは金星とも月とも関係しているので、ポオがどちらを指しているのかが曖昧なんです。そこで、ボビーの『天体暦』を見て、十月の明け方に三日月形に欠けていて、なおかつ獅子座を通り抜けて上るのはどちらかがわかれば、この問題が解決できると思ったんです」

トリローニーはたいそう感心したようにジェイミーを見た。「前代未聞の頭の回転の速さをよくぞ見せつけてくれました。脱帽です」といった様子だった。この理由が嘘っぱちなのは見え見えだった。だとしても、これだけの専門知識が披露され、やりこめられたあとでは、相手を嘘つき呼ばわりするのは難しい。

だが、やりこめられたままで終わらないのがテッド・トリローニーだ。三十秒もすると、天文学とアメリカ文学の専門知識責めから立ち直り、直接攻撃よりももっと残酷な、静かな口調でこう切り返した。

「カーニー君、君が引用したのが紛失した手稿の詩、つまり『ユーラルーム』だったのは、ちょっと偶然すぎやしないかい？」

「たしかに、ちょっと偶然ですね？」ジェイミーは平然と言った。

「確認するが、君はその本が二階にあるのを知っていて、ミス・ブラックにしばらく部屋から出ていってもらうために、それを閲覧申請したんじゃないね？」

ジェイミーは防御態勢だったが、そうは見せないようにしていた。

「どうして、そんなことしなければならないんです？」ジェイミーは言い返した。「その本が見たかった理由は説明したじゃないですか。それだけじゃ……」

ここでジェイミーは、はたと沈黙し、閲覧テーブルのトリローニーの前に置いてあるものに目を据えた。オストランダー教授宛ての匿名の手紙が入った封筒だった。

「どうしたんだい？」とトリローニーは言い、ジェイミーの視線の方向に気づくと、「この手紙に見覚えがあるのかい？」と、訊いた。

「ええ」ジェイミーは封筒から目を離さなかった。「きのうの夜、僕が投函したんです」

「すると、これを書いたのは君なのかね？　カーニー君」オストランダー教授が責めるような口調で訊いた。そろそろ事件も解決だと思っているような顔だった。

ジェイミーは首を横に振った。

「違います。ミス・ブラックに頼まれて投函しただけです」

七人分の目玉がジェイミーからヘレン・ブラックへと動いた。私たちが学部生のとき、こんなことがあった。オストランダー教授のケルト文学の授業時間に、ジェイミーが主導して、最前列の学生全員に右膝を上にして脚を組ませ、講義の真っ最中にジェイミーの合図でその全員がいっせいに脚を組み替えた。そのときのことを思い出してしまった。

ヘレンは顔を真っ赤にして目を逸らそうとしたが、逸らす先がなかった。視線に取り囲まれていたのだ。

「おたくが手紙を書いたの？　ミス・ブラック」厳しい口調でブーン巡査部長が訊いた。

「ええ……はい」ヘレンはふてぶてしい態度で答えた。「きのうの夜、ここで書いて、本を返しに来たカーニーさんに投函してほしいと渡しました」

「どうしてそんなもの書いたのかな?」

最初、ヘレンは答えないだろうと思った。しかし、前日の朝にどこかの教授が訪ねてきて、手稿を見せてほしいと言われたことを明かし、透かしを見ていたのではないかと私が気の利いた推測をしたと言って話を結んだ。

ここでトリローニーが質問を挟んだ。

「ミス・ブラック、ミス・パイパーがそう言ったので、そのあと透かしを自分で確かめたんですか?」

今度は、迷わずヘレンは答えた。

「そうですわ」勝ち誇ったように言い返した。「そして、透かしのなかに特許番号を見つけましたの。大きな数字の」

「それはありえない」ルアク教授が口を挟んだ。「特許局の創設は一八三六年、『ユーラルーム』が書かれるわずか十年前だ。当時、どんな特殊な製紙法が特許を得ていたとしても――まずないと思うが――大きな数字ということはありえない」

「その点が」と、オストランダー教授は言った。「重要なようですな」

「ルアク教授、大学に手稿の購入の話を持ちかける前に、ご自分で透かしを確認したんでしょうか?」

「もちろんです」ルアク教授はぴしゃりと言った。「特許番号などなかった」

ヘレンはそれを聞いても黙っていたが、嘘つき、とあからさまに言っているような目つきだった。

そのときには、いずれにせよポオの授業はまた落第だと確信していて、それなら何でもやってやれと思っていたにちがいない。

「話を整理したいんですが、ちょっと時間をくれませんかな」と、ブーン巡査部長が割って入った。「こちらの教授さんによれば、その手稿とやらは本物だった。ミス・ブラックによれば、本物でなかった。もし本物だったら、とんでもない価値がある。本物じゃないなら値打ちなし。それぞれの場合に、殺人がどう関わってくるのかが知りたいところですな」

誰もこの疑問に答えないでいると、トリローニーがウェイドと呼んでいた刑事が書庫から出てきた。

「非常口の扉で被害者の指紋を見つけましたよ、ミスター・トリローニー。犯人の侵入経路は、おっしゃるとおりのようです」

周囲が色めき立ったので、トリローニーは皆に自分の推理を説明しなければならなくなった。

そのあいだにも巡査部長は自分自身の疑問に頭を悩ませているようだったが、本来の入り口を使わなくても犯人は図書館に入って犯行に及ぶことができたとトリローニーが説明すると、はっとしてジェイミーのほうを見た。

「ミス・ブラックが投函を頼んだ手紙だがね、ミスター・カーニー。内容は知ってたのかな?」

「もちろん、知りません」ジェイミーは憤慨して答えた。「他人の手紙を読むような癖はありません」

「でも、よその教授がきのうの朝、ここに立ち寄った話をミス・ブラックがしたとき、おたくもいたんでしょうが?」

「はい、でもそのときは、手稿のことで匿名の手紙を書くつもりだなんて、ミス・ブラックは言いませんでしたから」

「言う必要もなかったでしょ。おたくは賢い青年だ、ミスター・カーニー。そのことはさっき証明してくれた。ここにいる立派な教授さんの一人に宛てた手紙を渡されたら、その朝の話を思い出したはずだ。あれとこれをつなぎ合わせて、察しがついたでしょ」

「察しがついたなら」と、ジェイミーは反撃した。「そんな手紙ははじめから投函しなかったでしょうね」

「ほう！　ということは、この教授さんに手稿をじっくり確かめられては困ることでも？」

巡査部長は核心をついたが、天文学の本の話のときジェイミーがトリローニーより一枚上手だったように、ジェイミーは巡査部長よりも一枚上手だった。

「もし手稿が偽物――まだ本当のところはわかりませんがね――で、そして、もし僕がそのことを知っていて隠したい事情がある――これだってわからないのに、あなたはそう思い込んでいるようだ――なら、あなたのおっしゃるとおりのことを僕も考えたでしょう。もしそうなら、僕は手紙を絶対に投函しなかったはずだ。でも、この憶測は二つともまちがっているので、あなたと同じことは考えなかった。だから、手紙を投函した。それが、そんなふうに考えなかった証拠です」

巡査部長は、まるまる一分かけてジェイミーの言ったことを理解した。

「いいでしょう」巡査部長はようやく口を開いた。「おそらく、すぐには気がつかなかった。だが、あとになって考えた。あるいは、誰かに何か言われて気がついた。だから、今夜、手稿をどうにかしようと、こそこそここへやってきたんじゃないですかな」

「いったいどうして」と、ジェイミーは言い返した。「僕が手稿をどうにかしなきゃならなかったんでしょう？　いいですか、巡査部長、大学に手稿を売ったのは僕じゃない。ウッドリング君なんですよ」

「ええ、そのとおりです」と、クライドが口を挟んだ。「大学が買ってくれるまで、ミスター・カーニーが手稿の存在を知っていたかどうかさえわからないくらいです」

巡査部長はしばらく考えているようだったが、やがて口を開いた。

「その話は、あとですることにしよう」巡査部長はクライドには構わず、ジェイミーを睨みつけた。「いまわかってることは、よその教授が手稿を見に来て奇妙な行動を取ったという話を、きのうの午前中、ミス・ブラックがしたとき、おたくはそこにいたということ。それから、きのうの夜、オストランダー教授宛ての手紙を投函したのはおたくだということ。それから、今夜、おたくはここへ来て、手稿が置いてある部屋から図書館員に出ていってもらう口実はつくったものの、シュルツが入ってきて危うく見つかりそうになったので、仕方なく急いで書庫に入ったこと。それから、シュルツが手稿のことで何かしら発見したと、電話の会話からおたくは推測したこと。それから、おたくはそのあとものすごい勢いでここから立ち去って、家にまっすぐ帰ったと言ってはいるが、その証明はできないのを認めたこと――そして、シュルツは外から誰かが来るのを待っていて、扉がノックされたら書庫に入れるつもりだったのを、おたくは知っていたことだ」

ジェイミーは瞬き一つしなかった。

「それが――失礼して言わせてもらいます――いったい何だっていうんだ」ジェイミーは挑発した。

「だから、おたくが家にまっすぐ帰ったというのは嘘で、図書館の外をぐるりと回って、あの扉を自分がノックした」ブーン巡査部長はジェイミーにすばやく歩み寄った。「ジェームズ・アロイシアス・カーニー、アーチー・シュルツ殺害容疑で逮捕する」それから、意地悪そうにつけ加えた。「おたくの言い分は聞いてあげるから」

二冊目　マリー・ロジェの謎

第一章　彼女が突然いなくなったので驚いた……

ヘレン・ブラックとクライド・ウッドリングと私は一緒に図書館を出た。女子寮の自分の部屋に戻るのはあまり気が進まなかった。戻ったら、ジェイミーが逮捕されたことをジニー・パットに言わなければならないのをわかっていたからだ。そこで、キャンパスのドラッグストアに寄ってコーヒーでも飲もうよ、というクライドの提案に賛成した。ヘレンも賛成したが、彼女の理由は私とは違った。事件のことを、あれこれみんなで話したかったのだ。

「それにしても」注文を終えるや、ヘレンは言いはじめた。「まだ信じられないわ。ジェイミーが……人殺しだなんて！」

最後の言葉にためらいを見せるだけの慎みは、ヘレンにもあった。

「殺人容疑がかけられたからといって、本当にやったとはかぎらないわ」私は言い返した。「ヘレン、この国じゃ陪審員が有罪としないかぎり無罪だってこと、知ってる？」

そんなのただの屁理屈よ、と言わんばかりの目でヘレンは私を見た。

「知ってるわよ」ポイントはそこじゃない、という口ぶりだった。「だとしたって、警察も有罪だって確信がなけりゃ逮捕しないでしょ。わたしが陪審員で、巡査部長があそこで言ってたことを聞いたら、きっと有罪にするわ」

女同士のいがみ合いに見えたにちがいない。クライドはいかにも止めに入ろうとするように爽やかに笑った。

「いやいや、ヘレン！　僕が有罪か無罪かってことになったら、あなたに陪審員になってほしくないなあ。希望を持てそうにないもの。ピーターはいままでにもこんな経験があるんだろう？」クライドは私のほうを向いた。「カーニーが容疑者ってこと、正直なところどう思う？」

なぜだかわからないが、誰もが私のことを犯罪の常習者か、そうでなかったらＦＢＩの女捜査官だと思っているらしい。たいていはちょっとそれがいやだけれど、今回ばかりは自分の思うところを言いたかった。

「まず、ジェイミーを容疑者にするには粗《あら》が二つあると思うの。しかも、両方とも、相当な大きさだわ」私はすかさず答えた。「一つ目は、ジェイミーが自分で言っていたように、ポオの手稿が偽物だってジェイミーが知っていたか、もしくはそう思っていたとしても、そのことを隠したい動機は何なの？　二つ目は、もしジェイミーが、つまりアーチー・シュルツの電話の相手でないジェイミーが犯人だとしたら、電話の相手はどうなったの？　約束したのに、どうして現れなかったの？」

これを聞いてヘレンが、「なるほど」という顔をしたのを私は見逃さなかったが、意地っ張りな彼女は素直に同意しなかった。

「現れたのかもしれないわよ。シュルツに会いに来たって言わなかっただけで」

「だったら、ジェイミーじゃなくて、その人が犯人だわ」私は大胆に結論づけた。「犯人じゃないなら、電話のことを黙ってる理由はないもの」

「電話番号を覚えてないのは失敗だね、ヘレン」と、クライドは言った。「覚えてたら、すべての謎がいっきに解けたかもしれないよ」

コーヒーが運ばれてきた。コーヒーを片手に、さらに話に没頭したが、議論は不毛だった。私が指摘したようにジェイミーに容疑をかけるのは無理があるとするとトリローニーが逮捕を黙認したのはおかしいとクライドが言うと、ヘレンは私を横目で見て、トリローニーには巡査部長に従うそれなりの理由があったとしか考えられないと言った。そうは言ったものの、最初のときほどの確信はなくっているように見えた。というより、見えた気がした。

寮に戻ると、ジニー・パットが部屋で待ち構えていた。

「それで」私がドアを閉めるより早く、彼女は詰め寄ってきた。「あのあと、どうなったの？」

確実にわかっていることについては、少しずつ明かしてつらい時間を長引かせるよりも単刀直入に伝えたほうが残酷でないと日ごろから思っている私は、「ジェイミーが殺人容疑で逮捕されたわ」と、言った。

ジニー・パットの細い体がこわばり、顔からはゆっくりと血の気が失せていった。

「うそよ！」唇からは荒い息が漏れるばかりで、ほとんど言葉になっていなかった。「ジェイミーはそんなことしてない！　絶対にしてない！」

「わたしだってそう思ってるわ、パット」私は横のソファーベッドの上に書類カバンを放り投げ、続けて帽子とレインコートを放り投げた。「それに、容疑と有罪はまったく違うってこと、忘れないで」

ジニー・パットは何を言われようと、聞く耳を持っていないようだった。

「何があったのか話して」と、彼女は言った。「一つ残らず」

巡査部長がジェイミーを容疑者とした詳しい経緯も含め、私はすべてを話した。ジニー・パットは最後まで黙って聞いたあと、こう言った。

「あんたの友だちのトリローニーさんはどう思ってるの?」

「わからないわ。話すチャンスがなかったから」そう言ったあと、私は思い切って訊くことにした。「パット、あなた、ジニー・パット、今夜、書庫で何してたの?」

予想どおり、ジニー・パットはすぐさま守りの態勢に入った。

「言ったでしょ。本を借りに行ったのよ」

私は机の上のタバコの箱を取り、一本抜き出すと、その箱をジニー・パットに投げた。

「一年生にはそれで通用するでしょうけど」そんなつもりはなかったのだが、私の口調は蓮っ葉な女みたいになっていた。「こっちは大学院生なのよ」

ジニー・パットはタバコを一本選び、私がマッチを渡すのを待たずに自分で火を点けた。

「信じてよ、ピーター」彼女はこちらを見なかった。

「だって」私は、遠回しにせずに言った。「今夜、あんたとジェイミー、二人ともあそこへ行って、二人とも図書館員を受付から出ていかせた――しかも、同じ口実を使って。これがまったくの偶然だったなんて、信じろって言うほうが無理よ。偶然も甚だしいわ」

ジニー・パットは黙っていたが、タバコを持つ手が震えていた。

「ねえ、聞いて、パット。わたしだってあんたと同じで、ジェイミーが犯罪者だなんて思ってない。でも、今夜、彼が何かをやらかしたことは知ってるの。本人がわたしにそう言ったんだから。何をやらかしたか知らないけど、あんたも一枚噛んでるのはたしかね。白状しなさい。何なの?」

ジニー・パットはそっぽを向いた。

「だめ、だめなの、ピーター」彼女は声を詰まらせた。「誰にも言わないって、ジェイミーと約束したから」

ジニー・パットはひどく動揺していたが、私は気づかないふりをした。

「なら、そんな約束、破りなさい」私はぴしゃりと言った。「わからないの？　おバカさん。何をしでかしたか知らないけど、逮捕と、大学のお偉方とのもめごとじゃ比べものにならないでしょ。あんたが話せば、彼は助かるのよ」

すると今度は、ジニー・パットはベッドに突っ伏した。

「あんたはそう思うかもしれないけど」すすり泣いていた。「きっと、もうだめよ。きっと……きっと、それがアーチー・シュルツを殺した動機かって、みんな確信するだけよ！」

もう面倒見切れない。お手上げだった。

しばらくは、二人とも寝つけなかった。少なくとも私は眠れなかった。考えることが多すぎた。ジニー・パットもひっきりなしに寝返りを打っていたので眠っていなかったのだろう。それでも、しばらくすると、そちら側が静かになったので、寝てしまったんだなと思った。心も体も疲れ切っていたにちがいない。

うとうとしかけた、ちょうどそのとき、物音がして、私はまたもやすっかり目が覚めてしまった。廊下をなるべく静かに移動しようとしているような足音だった。

おかしいと思ったのは、足音が忍び足だったからだろう。大学の寮には消灯時間がないので、寝ている人を起こそうが、ほとんどの学生は気にしない。私は頭を上げ、耳を澄ませた。足音は私たちの翼棟の奥から、建物の前面を横切って右翼棟と左翼棟をつないでいる短い廊下のほうへ向かっていた。

廊下には階段があって、一階の待合室に続いている。足音は、私たちの部屋のドアの前まで来ると、止まった。中で音がしていないか、足音の主は立ち止まって聞き耳を立てているようだったが、やがて、安心したらしく、また静かに歩き出した。

私は我慢できなくなり、ジニー・パットを起こさないようにできるだけそっとベッドから抜け出すと、ドアまで行って、頭を突き出せるくらいだけドアを開けた。ヘレン・ブラックが角を曲がって廊下のほうへ消えていくのが、ぎりぎりで目に入った。きちんとした外出着姿だ。帽子をかぶりコートまで着ている！

普段なら、そう驚くことではない。大学院生は少ないながら分別があるだけでなく、分別をもって行動することを心得ているという前提で大学から大目に見られているので、特別許可をもらっておかなくても昼夜を問わず好きなときに寮から出ることが許されている。そういうわけで、普通の状況なら、ヘレンも人目をはばかって外出する必要などなかった。人目をはばかって外出しているということは、普通の状況でないということではないか。

それに加え、角を曲がって行ってしまったヘレンを見て、なんとも理由はわからないが、私はがたがたと体が震えるほどの不安を感じた。

一歩外に出て、思わずヘレンに声をかけようとしたが、考え直して止めた。どこへ行くのか尋ねたところで、なんだかんだと口実をつくって——関係ないでしょ、とあからさまには言わないとしても——私を振り切るだろう。加えて、こっそりあとをつけられないのには理由があった。まともなものを身に着けていなかったのだ。

私はベッドに戻り、ヘレンが闇に消えていくままにした。それでも、カッツィーのときと違って、あとをつければよかったと悔いる思いは残らなかった。ヘレンにはヘレンの考えがあるのだ。私に彼女を止める理由はなかった。

第二章　彼女の死体が浮かんでいるのが見つかった……

翌日は土曜日で、ポオのセミナーの日だった。九時近くなり、ジニー・パットが今日は授業に行かないと言い出したので、私は一人で行くことにした。

出かけようと、書類カバンに手を伸ばすと、ジニー・パットが呼び止めた。

「なんで、わざわざカバンを持ってくのよ、ピーター。今日、ルアク先生が授業をやるわけないじゃない」

私は思わず笑った。「ルアク先生が休講にするですって！　そんなことがあったら、カレッジ・ホールの時計が逆回りするわ」

ジニー・パットはほかにも何か言いたそうだったが、気が変わったらしく、黙って私を送り出した。

だが、ふたを開けてみればジニー・パットの言ったとおりで、授業はなかった。ミス・カッツとクライド・ウッドリングと私が五分ほど待ったところで学部長秘書がやってきて、今日は休むとルアク教授がたったいま電話してきたことを告げた。

待っていた五分間、殺人事件――そのころには大学中に知れ渡っていた――のことで何やかやとクライドと私を質問攻めにしていたカッツィーをうまくかわし、私は足早に寮に戻った。部屋に入ると、ジニー・パットはいなかった。いいチャンスなので、今回の事件の流れを書き出してみようと思った。

私の頭は、紙を前にするとよく働く。いま紙に向かってみれば、昨夜は事件の渦中にいたので気づかなかった手がかりに気づくかもしれない。

窓際に置かれた大きな二人用机の自分の側に腰を下ろし、携帯用タイプライターのカバーをはずして、用紙を取り出そうと机の一番上の引き出しを開けた。ところが、引き出しは空っぽだった。ああ、そうだ。ルーズリーフの用紙を買い忘れたので、昨夜、図書館に行く前に最後の一枚だったタイプライター用紙を書類カバンに急いで入れたのだった。そこで、私は書類カバンに手を伸ばした。

ストラップをはずし、留め金をはずして、中に手を突っ込んだ。だが、指に触れた数枚の紙の感触が何となくおかしい。たとえば、一番上の紙がほかと違った形で、しかもごわついている――ボロボロと崩れてしまいそうだ。一体どうしたんだろうと思いながら、その紙を引っぱり出した。

その瞬間、椅子から飛び上がりそうになった。出てきたのは経年で黄ばんだ紙で、そこに黒から茶に色褪せたような文字が書かれていたのだ！　小さな几帳面な文字で書かれた最初の単語をいくつか読んだ。

ユーラルーム、譚詩
エドガー・A・ポオ

そこから先を読む前に、部屋の向こう側で息を呑む音がした。振り返ると、ジニー・パットがドアのところに立っていた。

「とうとう……見つけちゃったのね！」目が合うと、ジニー・パットは溜息まじりに言った。懇願と絶望が入り混じったような、声の調子と顔の表情だった。

「ええ」と、私は答えた。「でも、どうしてわたしのカバンに入ってるのかしら？　入れてないのに」

「それ、あんたのカバンじゃないからよ」と、ジニー・パットは言った。「ジェイミーのなの。ジェイミーが、まちがえてあんたのを持ってっちゃったのよ」

ジニー・パットはこちらに来て、机のもう一方の端に腰を下ろし、私を見た。

「もう白状しなきゃならないみたいね、ピーター。でも、その前に約束して……警察に言わないって」

いつもなら、どんなことも前もって約束などしないのだが、今回はいつもと違う気がしたので、私は約束した。

「どっから話したらいいか、わかんないけど」ジニー・パットはまず、こう言った。「でも、ポオの手稿を図書館に見に来たどっかの教授の話をヘレン・ブラックがしたところからがいいかな。あのときはそのことを、あたしたち誰もあんまり深く考えてなかったと思う。ヘレン以外はね。でも、あの夜、ヘレンがすごくうれしそうに、ルアク先生に仕返しできたって言ってたでしょ。きっと『ユーラルーム』に何かおかしなところを見つけたんだろうって思ったの。ヘレンに訊いたって教えるつもりがなさそうだったから、そうにちがいないって確信したのよ。

次の日――きのうね、ジェイミーにそのこと話したの。そしたら、ジェイミーが別のことを思い出したのよ。木曜日の夜、ジェイミーが本を返しに図書館に行ったら、投函してほしいってヘレンに手紙を渡されたって。そのときのヘレンったら、やけに澄ました得意顔だったから、何なんだろうと思ってポストに入れる前に封筒を見たら、オストランダー先生宛てだったんだって。

ジェイミーがその話をしたんで、二人で考えてみたの。で、あれとこれをつなぎ合わせはじめたってわけ、巡査部長に言わせれば。そして、こういう結論に達した。手稿が本物でない証拠のようなものをヘレンは見つけた。で、それをオストランダー先生に伝えようとした。オストランダー先生はルアク先生が嫌いだから、こんなふうに専門分野のミスを暴いて笑い物にするチャンスにだったら飛びつくってことがわかってたからね。去年のポオのセミナーで落第させられた腹いせってわけ」

ジニー・パットは口をつぐみ、視線を前の机に落として、置いてあった消しゴムをもてあそんだ。

「ジェイミーは、自分の脚の一本、いや首さえ折れたって構わないから、そんなことさせるもんかって言い出したの」ジニー・パットは続けた。「ジェイミーがルアク先生をどれだけ尊敬してるか、ピーターだって知ってるでしょ。そこんとこ頭に入れておいてね。彼の計画を教えるから」

「本物じゃないことを誰にも証明できないように手稿を盗むって計画ね？」と、私は言った。

ジニー・パットはうなずいた。「そんなのどうかしてるって、あたしはわかってるのよ。でも、ジェイミーらしい。手稿が本物のポオのじゃないってオストランダー先生が証明してみせたら、ルアク先生は失望と屈辱で死んじゃうかもって言うんだもの。いずれにせよ、この大学の職は捨てざるをえないって思うでしょうね。そしたら、オストランダー先生とヘレンの思うつぼだわ。

それで、きのうの夜、ジェイミーは図書館へ行って、ヘレンに本を取りに行かせた。捜すのに五、六分はかかるとわかってる本をね。ヘレンがエレベーターに乗るとすぐ、机の上の小箱から鍵束を取り出した。そこにしまってあるのは知ってたから。そのあと、アルコーブに行って展示ケースの鍵を開けて、手稿を書類カバンに急いで入れた。

ちょうど机に鍵を返したとき、誰かが来るのが聞こえた。だから、急いで書庫に隠れた。部屋に一人でいた直後に手稿が消えてるのが発見されたら、最初に疑われるに決まってるからね。だから、あんたに会ったとき、ヘレンが行っちゃってからずっと一緒に話してたことにしてほしいって頼んだわけ。

そのあとの十分くらいのあいだに起こったことは、あんたも知ってるとおりよ、ピーター。だから省略するとして、ジェイミーは図書館を出てからグリークスに向かったの。奥のブースのテーブルで、あたしが待ってたから。そこで、あんたの書類カバンをまちがえて持ってきちゃったことに気づいたのよね。

手稿がなくなったってことがわかる前にカバンを元通りに交換しなきゃってジェイミーは思った。だって、そのまま手稿捜しが始まって、あんたが持ってるのがわかったら、あんたが泥棒になっちゃうからね。図書館に戻って自分で取り戻してくるってジェイミーは言ったんだけど、あたしが行かせなかったの。一晩に二回も図書館に行ったら、いかにも怪しいでしょ。ましてや、一回目に来たとき彼に受付机から追い払われた、なんてヘレンが言ったりしたら」

「それで、代わりに行くってあなたが言い張ったわけね」だんだん先が読めてきた。

「そう」ジニー・パットは言った。「ジェイミーは嫌そうにしたけど、何があろうとあたしだったら疑われないからって説得したのよ。手稿があった部屋には行かないで、もう一方の入り口から書庫に入るつもりだったからね。一つ心配だったのは、あたしが中央受付の入り口から入ろうとしてるあいだに、あんたがアメリカ文学室のほうから書庫を出てっちゃうかもしれないってことだった。だから、あたしが十分以内に戻らなかったら、もう待たないでってジェイミーに言ったの。あんたと会えなくて、カバンを交換できるまであんたを捜してるってことだからって。

ジェイミーがヘレンに使ったのと同じ手をモートンに使って、書庫にはうまく入れたんだけど、あんたのいた一番奥までたどり着く寸前に……あとはわかってるよね」

「ええ」と、私は答えた。「わかってるわ。なんて悪運が強いんだってテッド・トリローニーなら言うでしょうね、パット・ソーンダイクさん。あの奥で刑事さんに見つかって連れてこられたとき、ブーン巡査部長に殺人容疑で現行犯逮捕されたって不思議じゃなかったんだから。逮捕されてたら、いまの話がみんなにばれて……」

「もう言わないでよ」ジニー・パットはぶるぶる震えだした。「そんなことになったらどうしようって、ずっと死ぬほど怖かったんだから」そして、こう続けた。「でも、ピーター、ジェイミーのことはどうすればいい？　それと、この手稿はどうしたらいい？」

「まだ、わからないわ」と、私は答えた。「考えてみるから、数分ほど時間をちょうだい」

私は机の上の箱からタバコを一本取り出し、火を点けた。ジニー・パットは座ったまま待ちかまえるように、まるで耳から煙を出すとか、何か面白い芸当でも見せてくれると期待しているような目で私を見つめた。

「パット」しばらくして、私はジニー・パットに訊いた。「警察が来るどのくらい前から書庫にいたの？」

「せいぜい一分ね。あの人たち、あたしのすぐあと図書館に入ってきたんだと思う。そこんとこは、きのうの夜、話したとおり」

「それで、グリークスにはジェイミーとどのくらい一緒にいたの？」

ジニー・パットはしばらく考えてから、「三十分くらいかな。ルアク先生の文学者としての名誉を守ったお祝いに、ダブルチョコレート麦芽ミルクを飲んだのよ。で、まわりに誰もいなかったから、手稿が本物かどうか二人で確かめてみようよって、あたしが言ったの。それで、書類カバンをまちがって持ってきちゃったのにジェイミーが気づいたわけ」

私は、大急ぎで頭の中で計算した。私にしては大急ぎ、という意味だが。

「パット、うまく行くわ！」計算を終え、私は思わず大声を出した。「アーチー・シュルツは八時五十分から九時半のあいだに殺されたの。だから、この四十分間のアリバイがあればいいのよ。そのうちの三十分をジェイミーがあなたと一緒にいたなら、残りの十分間で図書館を出て、非常口まで回りこんで、アーチーに扉を開けさせて、彼を殺して、キャンパスを突っ切ってあなたの待つグリークスに行かなきゃならない。そんな短い時間に、これだけのことができるわけないわ」

「ああ！」ジニー・パットは安堵の息を漏らし、笑おうか泣こうか決めかねているような顔をした。

「テッド・トリローニーを呼んでもいいわね」と、私は言った。「いまの話を聞いたら、きっと一瞬でジェイミーを釈放してくれる。きっと、脱獄の天才だってブーン巡査部長が思うわ」

ジニー・パットは、それはどうかなという顔をした。

「でも、話しちゃったら、手稿のことでお咎めがあるんじゃない？」

「いまの容疑とは比べものにならないわ」私は電話に手を伸ばした。

「テッド、ピーター・パイパーよ」大学の電話交換手のガーティーが電話を取り次ぐが早いか、私は言った。「見つかったの！」

いつもなら、これだけで何のことか瞬時に理解するトリローニーだが、今回だけは違った。

「何が見つかったって？　ピーターー」きっと殺人犯のことだと思ったのだろう。

「空はどんより灰色で、木の葉はかさかさと乾ききり」気づいてくれますようにと祈りながら、私は『ユーラルーム』の冒頭の一節を唱えた。ガーティーが聞いていないとは限らなかったので、多くを語るのはやめておいたのだ。

これでピンときたらしい。

「ああ、そうか！」トリローニーは叫んだ。「いま、どこだい？　ピーター」

「寮よ。来てくれたら渡すわ。ジニー・パットが詳しく説明してくれる」

これ以上言う必要はなかった。

「十分で行くよ」とトリローニーは言い、そのとおりにやってきた。

大きな待合室とドアでつながった小さな「デート部屋」で私たちは会った。寮に住む学部生の半分ほどがドアの前を通り過ぎたが、私かジニー・パットのどちらかが、他人のデートを邪魔していると思ったにちがいない。ジニー・パットは、私にした話をトリローニーにもした。

「それでね、テッド」ジニー・パットが話し終えると、私が続けた。「ジェイミーに殺せるはずがないのよ」ちょっと苦労して私にしては高度な計算をしてみたことを私は話した。

だが、トリローニーは、意外にも首を横に振った。

「抜けてる部分があるよ、ピーター。死体が発見されてから警察が到着するまで、だいたい十五分かかっている。だから、ミス・ソーンダイクが警察の来る直前に図書館に着いたなら、そのまるまる十五分間、もしくはその大部分は、二人が一緒だった時間から差し引かなきゃならない。だから、彼女がカーニー君のアリバイを証明できるのは、シュルツの死亡推定時刻の範囲の半分に満たない」

「でも、カーニーと一緒にいたのは三十分以上かもしれません」ジニー・パットはすかさず言い、

「時間ってアッという間に過ぎるから。とくに……とくに、ダブルチョコレート麦芽ミルクを飲んでるときは」と、苦しまぎれに締めくくった。

それを聞いてトリローニーはにやりとした。

「心配いらないよ、ミス・ソーンダイク。物理的に、というより時間的には、君のジェイミー君は犯行可能だけど、彼が犯人じゃないことはすでに確認済みだ。実は彼は、昨夜のうちに釈放されているんだ。警察署に着いて三十分かそこらでね」

ジニー・パットと私は憤慨して、トリローニーを睨みつけた。

「彼がまだ留置場にいると、わざとわたしたちに思わせてたのね！」私は息巻いた。「テッド・トリローニー、まったくひどい人だわ！」

「悪かったね」と言いながらも、トリローニーはまだにやにやしていた。「でも、仕方なかったんだよ、ピーター。カーニー君が釈放されたって昨夜のうちに教えていたら、いまの話は聞かせてもらえなかっただろうからね。彼とミス・ソーンダイクがこの事件のどの部分に関わっていたのか、僕には知る必要があったんだ。釈放するときカーニー君に約束させたんだ。ホテルに泊まって、僕がいいと言うまで誰とも接触しないようにね」

今度はジニー・パットに向かってトリローニーは続けた。

「だから、自分からは君に連絡してこないんだよ。でも、君が連絡しちゃいけない理由はもうなくなった」と言って、彼はジニー・パットにジェイミーのいるホテルの名前を教えた。

ジニー・パットは飛ぶように部屋から出ていった。

「カーニー君に容疑をかけるのは、最初から根拠が乏しすぎた。まず、状況証拠しかなかったこと。

次に、シュルツの電話の相手について説明がつかないこと。もし電話の相手が事件と無関係なら、当然、どこかで姿を現すはずで、自分の関わりを話すはずだ。ルアク教授と僕で、巡査部長を納得させるのが大変だったよ……」

「ルアク教授？」私は驚いて、その名をくり返した。

トリローニーはうなずいた。

「僕たちが着くのとほとんど同時に警察署に来たんだ。ブーン巡査部長を説得するやり方ときたら、そりゃあ勉強になったよ。すごいもんだった！　下品な言葉を使わずにあんなに人を圧倒できるなんて思ってもみなかったよ」

ルアク教授と聞いて、私は手稿のことを思い出した。

「『ユーラルーム』の所在がわかったわけだけど、それが事件の未解決部分にどう影響するのかしら？　なくなっているのを見つけたからアーチー・シュルツは殺されたの？」

「いや、そうじゃないだろう」トリローニーは厳粛な面持ちで答えた。「もしそうなら、殺人犯はカーニー君ということになる。カーニー君は大好きな先生のために盗みをするような大馬鹿者だったかもしれないけど、その罪を隠すために人殺しまではしないはずだ。ピーター、手稿の盗難と殺人とは無関係だって可能性にもしっかり目を向けなくちゃならないよ」

「でも、本当はそうは思っていないんでしょ？」トリローニーの声の調子で、それはすぐにわかった。

「ああ、思っていない。この二つはかなり密接に関係しているはずだ。でも、どんなふうに関係しているのか、まだ見出せていない。手稿が戻ったことは報告しないでおいて、それをモーガン図書館に送ってみようと思う。あそこは『ユーラルーム』のまた別の手稿を持ってるから、これが本物かどうか彼らの意見を聞いてみたい。もし偽物だと言われたら、動機の解明につながるかも……」

そのとき、電話交換手のガーティーがドアのところに姿を現した。

「お電話です、ミスター・トリローニー。その隅の電話でお話しください」

トリローニーはガーティーに礼を言うと、電話に向かった。

「電話があったらここにかけてもらってくれって家族に言い残してきたんだ」と言って、彼は受話器を取った。

最初の一分ほどは受話器の向こうの声に耳を傾けているだけだったが、その表情から、ただごとでない知らせを聞かされているのがわかった。

「ええ、もちろん、関連があるでしょう、巡査部長」とトリローニーは言うと、こう締めくくった。「関連性が見えてきました。すぐ植物園に向かいます。では、そこで」

トリローニーは受話器を置くと、私を見た。

「ピーター、図書館員のミス・ブラックを最後に見たのはいつだい？」

なぜか、その質問が意外ではなかった。そう訊かれる気がしていたのだ。前日の晩に廊下で見たことを私は伝えた。

「ヘレンがどうかしたの？　テッド。まさか……まさかヘレンが……？」

「そうだ」と、トリローニーはいともあっさり認めた。

口の中と喉が渇いていくのを感じ、何ともいいがたい不快感がみぞおちのあたりを襲った。

「どうやって？……いつ？」私はかろうじて声を出した。

「君が彼女を見た一時間ほどあとだろうね。植物園で庭の手入れの当番が、カエル池に死体が浮いているのを、いましがた見つけた」

大学の植物園にある鑑賞用の小さな池の冷たい黒い水を想像し、全身からじっとり汗が出てきた。首を絞められたあと池に投げこまれたと聞かされたのが、せめてもの救いだった。そのとき、また別の恐ろしい考えが私を襲った。

「ああ！」背筋がぞくっとして、私は短い声を上げた。「昨夜のは『アモンティラードの酒樽』で、けさのは『マリー・ロジェの謎』（一八四二～四三年にかけて発表されたポオの短編小説）じゃないの！」

トリローニーはちらりと私を見た。

「君も、この共通点に気づいたね？」私にというより自分自身に言い聞かせるように、彼は続けた。

「意図的なのか、単なる偶然なのかがわかればな」

「どうして？」

「もし意図的なら、犯人の心理を知る直接の手がかりになるからだ」

第三章　確証が確証を生む

トリローニーが行ってしまうと、階段を上ってジニー・パットにヘレンのことを伝えに行くのはやめて、濃いブラックコーヒーを飲みにドラッグストアへ向かった。

土曜日の午前中に人っ子一人いないなんて、きっとドラッグストア開業以来初めてだろう。だが、五分もしないうちにドアが開き、クライド・ウッドリングが入ってきて、私を見つけるとテーブルにやってきた。

「やあ、ピーター。一緒に座ってもいいかい？」

「そうしてちょうだい」気がつくと、無性に誰かとしゃべりたかったのだ。

クライドは私の向かいに腰を下ろした。「どうしたの？　君のかわいいルームメートと、その恋人のことが心配なのかい？」

「違うの」と、私は答えた。「ジニー・パットはもう大丈夫。ジェイミーもね」そして私は、ヘレンのことをクライドに伝えた。

クライドは大きく口を開け、私を見つめた。

「え！」クライドの大きな声に、ドラッグストアの店員が三人ともこちらを向いた。

そのあと、もう少し詳しく話したが、たいして詳しい話とは言えなかった。トリローニーが話してくれたことしか知らなかったからだ。

「なんてことだ！」クライドは叫んだ。「まったく恐ろしいよ！　でも、どうしてヘレンが殺されなきゃならなかったんだと思う？　手稿が持ち去られたと思われるときには、あの部屋にさえいなかったのに」

「理由ははっきりしてると思うわ。きのうの夜、アーチーが電話していた番号は聞き覚えのある番号だったってヘレンは言ってたでしょ。きっとそのうち思い出せるだろうって。思い出せないように殺されたんだわ」

クライドはひょっとしたら、ヘレンが死んだと聞かされたときより驚いた顔をしたかもしれない。

「なんだって、ピーター！　それが、どういうことだかわかってる？　きのうの晩に図書館にいたなかの誰かが殺人者ってことだよ！」

「ええ、わかってるわ。そう思う理由がもう一つあるの」私は、アーチー・シュルツ殺しが『アモンティラードの酒樽』に、ヘレン殺しが『マリー・ロジェの謎』に似ているという不気味な事実をクライドに教えてあげた。それから、これが意図的に似ているように仕組まれたのだとしたら、犯人を心理面から特定する手がかりになるとトリローニーが言っていたことも話した。

それを聞いたクライドは、考え込んでいるようだった。

「ということは、君の友だちの赤毛の捜査官さんは、ポオの作品に詳しい人物が犯人だと思ってるんだね。事実はどうあれ、面白い推理だね。その先を僕たちで考えてみようよ」

クライドはシャープペンシルをポケットから取り出し、メニューの裏に何か書きはじめた。

「まず、きのうの晩、あそこにいた全員の名前を書き出してみよう。もちろん被害者二人は除いてね。

ピーター・パイパー、ジェームズ・カーニー、ジニー・パット・ソーンダイク、オストランダー教授、ジャド・フィリップス、ルアク教授、クライド・ウッドリング。さて、ここから何人はずせるかな」

私は興味津津で前のめりになり、メニューの上を走るペン先を見つめた。

「最初に、君と僕はバツ印だ。君は、アーチー・シュルツを女性が殺せるはずないから。僕は、どちらの殺人があった時刻にも寮の部屋にいたから。ジニー・パットも君と同じ理由でバツだね。それとカーニーも。ヘレンが殺された時刻には留置場にいたからね。残るオストランダーとフィリップスとルアクを、ポオを判断基準に考えよう」

「オストランダー教授もバツだわ」ジェイミーが留置場にいなかったことにはあえて触れず、私も意見した。「ポオについての知識はまちがいなくあるでしょうけど、ポオにとりわけ傾倒しているわけじゃないもの。それに、最初の事件の時刻にはフィリップスさんと一緒にいたはずだから」

クライドは、この意見の採用には条件をつけた。

「オストランダーがフィリップスと会った時刻は定かじゃないよ。もちろん、二人が図書館に入ってきたあとにシュルツが殺されたなら、二人ともはずせる。でも……あれ、ピーター！　そうなると、残るのはルアク教授だけだよ！」

私たちは目を見合わせた。いま思えば、こんなにあっさり結論にたどり着けるとは、私も彼も思ってもみなかったのだ。

「信じられないわ」私はきっぱり言った。「あの小さなルアク教授がアーチー・シュルツみたいな大男を絞め殺せるわけがない」

「小柄なルアク教授が見かけよりずっと強靭だって可能性は充分あるよ。ああいうタイプはたいていそうだ。一方で、アーチー・シュルツは見かけによらず軟弱だ。一度、ボクシングをしにアーチーをペン・アスレチック・クラブに連れていったから知ってるんだ。ルアク教授とアーチーの年の差が十歳くらいと考えたって……」

「いえ、この三人から、これ以上絞るのはやめましょう、クライド」と、私は彼の話を遮った。「もしくは、少なくともオストランダー教授だけをはずしたとしたら、残るは二人――ルアク教授とジャド・フィリップスさんね。二人ともポオにものすごく傾倒してる。そして、もしフィリップスさんとオストランダー教授が図書館に入ってくる前にアーチーが殺されていた――入ってきたあとに殺された可能性と五分五分ではあるけど――としたら、ルアク教授とフィリップスさんの犯行の機会は同等ね」

クライドは探るような鋭い視線を私に向けた。

「じゃあ、君はルアク教授じゃなくフィリップス容疑者説に一票だね」クライドはずばり言った。「なら君は、手稿が消えたのにもフィリップスが絡んでると思ってる？　彼はポオの収集家だろ」

「そのことは考えていなかったわ」と私は答え、慌てて話題を変えた。「それにしても、ヘレン殺しについては、もう一つわからない点があるの。ヘレンが殺されたのは、アーチーが電話していた番号をヘレンが思い出して誰かに言うと困るからだとしたら、犯人はどうやって彼女を寮から誘い出したのかしら？」

「ヘレンに電話して、どこかで会おうと言ったんじゃない？」

だが、私はその憶測を却下した。

「それはないわ。男子寮と違って、わたしたちの電話は二十四時間通じているわけじゃないもの。電話交換室は夜の十一時で閉まるのよ。きのうの夜、ヘレンとわたしが寮に戻ったのは十一時を過ぎていたから」

クライドはまたもや考え込むような顔をした。ほかに説明がつかないか思案しているようだった。すると、彼の表情がいきなり変わった。

「そうだった！」クライドは興奮して大声を出した。「大変なことを忘れてたよ！　ヘレンが死んだと聞いたのがショックで、一時的に記憶から飛んじゃってたみたいだ。電話の話になったんで思い出したよ。ピーター、ヘレンはだいたい何時ごろ殺されたの？　知ってる？」

「ええ、きのうの夜かなり遅く、というより、今日の早い時間だわ」

重大なことを思い出して目まいがするとでもいうように、クライドは片手で両目の上をさすった。

「だったら、電話番号を思い出したら困るから殺されたんじゃないよ。もう思い出していて、馬鹿みたいに犯人にそのことをしゃべっちゃったから殺されたんだ！」

「なんですって！」クライドの興奮がこちらにも伝わってくるのを感じながら、私は叫んだ。「どうしてそんなことわかるの？　クライド」

「実は、きのうの晩、君たちの寮の入り口で君とヘレンと別れたあと、僕は散歩に行ったんだ。事件のせいで、すっかり気持ちが高ぶっちゃってね……みんなもそうだったと思うけど。それで、散歩したら落ち着くんじゃないかって思ったんだけど、たいして効き目はなかった。だから引き返してきて、ここに寄って雑誌を買ってから部屋に戻ることにしたんだ。

雑誌を選んで会計してもらってたら、ちょうど、すぐ横の電話ボックスのドアが開いてヘレンが出てきたんだ。お互いびっくりしたよ。しかも彼女は、ちょっと嫌そうな顔をした。電話を盗み聞きされたんじゃないかって思ってるみたいにね。女子寮まで送っていこうかって言ったんだけど——なにせ、もう二時近かったはずだから——『いいえ、結構よ』って言われてね。その前に会わなきゃならない人がいるから、いまは戻らないって。で、角のところで別れて、僕は男子寮に帰ったってわけ」

「それでも、ヘレンがどっちの方向に行ったかわからなかった?」と、私は訊いた。「寮のほうに曲がったとか、別のほうに歩き出したとか」

「いや、相変わらず霧が濃かったから。五、六歩も進まないうちに、霧の中に完全に消えちゃったよ。でも、いま考えるに、こんなことじゃなかったのかな」と、手にしたシャープペンシルをしきりに振って、クライドは語気を強めた。「きのうの晩、ヘレンは部屋に戻ったあと、シュルツの言ってた電話番号を不意に思い出した。でも、君の友だちのトリローニーさんから言われていたにもかかわらず、それを彼に伝えずに、自分でその番号にかけてみようと思った。だけど、君たちの寮の電話交換室は午後十一時に閉まるってことだから、部屋の電話は使えない。だから、ここに来て公衆電話を使った」

「でも、番号の主がわかったからって、どうしてそんなことしたの?」

「おそらく、番号の主を思い出したんじゃなくて、番号だけを思い出したんだ。だから、そこに電話してみて、誰が出るか確かめた。番号の主を知ったヘレンは……」

ここでクライドは言いよどみ、わずかに肩をすぼめてから続けた。

「亡くなってしまった人のことをこんなふうに言いたくないけど、でも僕だけじゃなく君だってヘレンのことは知ってただろ……いや、僕以上だよね。学部生のときも一緒だったんだから。だから、よくわかってるよね、彼女の……なんていうか……穏やかでないニュースを言い触らすっていう悪い癖を。犯人が電話に出て、ヘレンがその正体を知ったとき、あなたが犯人なのね、とは言わずに、シュルツが電話してたのはあなたの番号だったって思い出したの、もちろん警察には内緒にしておいてあげるわ。それにしてもカーニーが逮捕されたのは運が良かったこと。だって、そうじゃなかったら……」

抑揚がなく少々甲高いヘレンの声をクライドが完璧にまねたので、私は思わず笑ってしまった。しかし、笑いごとでないのを思い出し、いけない、いけないと思った。

「だとしても、どうしてその人に会うことにしたのかしら？　危険だってことくらいわかるはずだわ」

「それはどうかな」と、クライドは言った。「ヘレンはどんなときだって自信家だった。でも今回ばかりは強気に出過ぎてるってことに思い至らなかったんだろう。電話ボックスからヘレンが出てくるまで僕はそこにいたことすら知らなかったから、電話でどんなやりとりがあったのかは、もちろん知らないけど、こんなふうに考えてみようよ。

まず、さっき僕が言ったみたいなことをヘレンは言い出した。すると、犯人は涙声で、この電話番号を警察に内緒にすると言ってくれてありがとう、と言う。続けて、シュルツからの電話はまったく個人的な内容で手稿の盗難とも殺人とも関係ないんだが電話をもらったと名乗り出て信じてもらえなかったらと思うと恐ろしかった、と言う。そして、シュルツとの電話の内容を教えるから直接会ってもらえないだろうか、と言う。

ヘレンが好奇心をそそられないわけはない。彼女は二つ返事で承諾した。相手の言うことを信じちゃいなかったけど、どんな言い訳をでっち上げてくるのか興味津津だった。言い訳に苦しむ姿を見るのも楽しみだった。次に、相手はヘレンに、どこから電話しているのか、と訊く。ヘレンはドラッグストアから、と答える。相手は、そこは人目につきやすい、二人で話しているところを誰かに見られたら怪しまれて、このことが知られてしまうかもしれないから、と言う。見られたり聞かれたりしない、人けのない場所はないだろうかということになり、植物園はどうか、と犯人は提案する。罠だと気づかないヘレンは、いいわ、と答える。あとは続ける必要はないね」

「クライド」私は、すっかり感心してしまった。「あなた、テッド・トリローニーくらいすごいわ！　テッドと言えば、いまの話をテッドにもしてちょうだい。きっと通話の履歴を調べてくれる」

クライドは気の進まない顔をした。「ピーター、それ、しなきゃだめかい？　警察はたいてい、被害者に最後に会った人間を疑うものだろ。ヘレンに最後に会ったのは僕だって知ったら……」

「あなたがヘレンを殺したって思うってことね」私はクライドの代わりに結論を言ってあげた。「逆に、ドラッグストアでヘレンが電話しているときあなたが雑誌を買ってたってわかったら、あなたが電話の相手じゃないって証拠になるわ。電話の相手が犯人にちがいないことは、もうわかってるんだから、あなたは容疑者からはずれるに決まってるわ」

「そうだね、僕もそう思う。これ以上この事件には関わりたくないけど、嫌な仕事に対処する一番の方法はできるだけ早く片づけるってことだからね。トリローニーさんはどこだい？　警察署かな？」

「違うの。ブーン巡査部長やお巡りさんたちと一緒に植物園にいるはず。そこに行くと言ってわたしと別れてから一時間も経ってないから。まだいるかどうか、行ってみない？」

「よし、わかった」とクライドは言い、私たちは立ち上がった。

キャンパスの正門に続く道を横切っていると、トリローニーとブーン巡査部長がこちらに向かってくるのが見えた。

「ああ、いたいた、ウッドリング君！」巡査部長はいつもの威勢のいい声で言った。「捜していましたぞ」

「僕を？　どうしてですか？」

「昨晩、殺される直前のミス・ブラックと一緒だったんだってね」とトリローニーは言い、どんな反応も見逃すまいとクライドを凝視した。「巡査部長と僕で、そのことについて話がしたいんだ」

クライドはにっこりした。

「偶然ですね。ミス・パイパーと僕は、まさにそのことをあなた方に話したくて来たんですから」

ブーン巡査部長の先導で、カレッジ・ホールの中の小部屋に向かった。捜査が続くあいだ、巡査部長が使わせてもらえることになっていたのだ。

「さて」全員が椅子に腰を下ろしたところで巡査部長は言った。「聞かせてもらいましょうか、ウッドリング君」

クライドは、ヘレンに会った話をもう一度した。それから、私に促され、ヘレンの電話についての推理をつけ加えた。クライドが話し終えると、トリローニーは、なるほどという顔でうなずいた。

「実によく練り上げられた論理展開ですね。ミスター・ウッドリング」トリローニーは感心していた。「おそらく、そのとおりでしょう。百パーセントそのとおりでないとしても、たいした問題にならない程度だ」

クライドは褒められて照れくさそうにした。

「ありがとうございます」クライドはぎこちなく言った。「差し支えなければ、僕がミス・ブラックと会ったことがどうしてわかったのか教えてもらえませんか?」

「かまわないよ」トリローニーは気さくに答えた。「ミス・ブラックが殺された理由は明らかだ。シュルツが電話していた番号を、彼女がわれわれに教えないようにするためだ。しかし、女子寮の電話交換室は閉まっていたので、犯人から彼女に連絡することはできなかったはずだ。通話歴を調べようと大学の電話交換室をすべて確認してわかったんだけどね。ということは、犯人には彼女のほうから接触したことになる。つまり、彼女は電話番号を思い出していたはずなんだ。

けれども、夜のあの時間には部屋の電話は使えないので、彼女は外に出なければならなかった。行くとすればドラッグストアしかない。僕はこの推理をブーン巡査部長に伝え、二人でドラッグストアの経営者に電話して、夜勤の店員の名前と住所を訊いた。

店員はこの大学の聴講生でキャンパス内に住んでいるんだけど、昨晩、ミス・ブラックが電話をかけに来たことだけでなく、ちょうど同じとき君が雑誌を買いに来て二人連れ立って店を出たことを教えてくれたんだよ。そういうわけで君を捜していたら、ピーターと一緒にやってきたのさ」

「何につけてもそうですが、わかってしまえば単純なことですね」クライドは微笑みながら言うと、立ち上がった。「ほかに用がなければ、失礼させていただきます。月曜日までにオストランダー教授の授業のレポートを仕上げなければならないもので。そのあいだに大学中の学生の半分が殺されたとしても、教授はレポートを出せと言うでしょうからね」

後ろのほうで手持無沙汰にしていた私は、けさ別れてからトリローニーがどちらかの殺人の新事実をつかんだかどうか知りたくてうずうずしていた。

「ウッドリングさんとわたし、さっき面白い実験をしたのよ」意味もなくここにいると思われたくなかったので、ポオの作品に対する知識とポオにどれだけ傾倒しているかを基準に容疑者を絞っていった話をトリローニーにした。

「あのウッドリングって青年は知恵者みたいだねえ」私が話し終えるとトリローニーは言った。「でも、これについては君たち二人とも最初の主旨からはずれてしまってるよ。最初に設定した理由で除外したのは、容疑者候補のうちの一人だけじゃないか」

「でも」と、私は反論した。「あとの人たちは犯人のはずがない理由がほかにあるんだもの」

「そんなやり方じゃ成功しないよ、ピーター。心理面から犯罪捜査にアプローチしたいなら、犯罪もしくは犯罪者の特徴を一回につき一つだけ決めて、それを全員に分け隔てなく当てはめなくちゃならない。差し当たっては、そのほかの要素はすべて無視してね。終わったら、次の特徴に移って、この手順をくり返す。事件のすべての要素でこの手順――確実に、すべての要素が出尽くしてなきゃいけないよ――を終えたら、できたリストを見比べてみて、イエスの欄に一番多く出てくる名前を確かめる。それがもっとも有力な容疑者だ。毎回、同じ名前が挙がれば、それが犯人だと確信を持てるはずだ」

「名前が二つ出てきたら？」と、私は言った。

トリローニーはにやりとした。

「そう来ると思ってたよ。でも、名前が二つ出てきたときは、すべての要素が出切っていないってことなんだ。違いが生じるポイントをほかに見つけなきゃならない。二人の人間がまったく同じことを考え同じ行動を取るってことはないから、二人が同じ方法で同じ犯行に及ぶことはありえない。それじゃあ、君たちの実験をもう一度試してみようか」とトリローニーは言い、紙を一枚引き寄せた。「結果はどうなるだろうね。今度は、ポオという要素からはずれちゃだめだよ」

トリローニーは一分ほどせっせと何か書いたあと、こう言った。

「全員の名字をアルファベット順に書いた。上から読んでいくよ。ここに並んだほとんどの人のことは、僕より君のほうが知ってるから、どの人物にポオに関する特徴が当てはまるか教えてくれるね。僕は名前の横にチェックマークをつけよう」

　トリローニーは名前を読み上げはじめた。

「ジェームズ・カーニー」

「イエス」私は裏切り者になった気分だった。

「オストランダー教授」

「ノー」

「ジャド・フィリップス」

「イエス」

「ピーター・パイパー」

「なによ、ひどいわ」私の答えを待たずにトリローニーが名前の横にチェックマークをつけたので、私は憤慨した。

「悪いね、ピーター」トリローニーは腹立たしくなるような笑いを浮かべた。「でも、原則に則ってやらなきゃいけないんでね。ルアク教授」

「イエス」私がぴしゃりと、ブーン巡査部長のほうへ何かを飛ばすような勢いで言ったので、巡査部長はくすりと笑った。

「ジニー・パット・ソーンダイク」

「イエス」

「クライド・ウッドリング」

「イエス」

トリローニーは最後の名前にチェックマークを入れると、新しい紙に手を伸ばした。

「じゃあ、次に行こう。次の要素はミス・ブラック殺害だ。シュルツが電話していたのは大学の番号だったと、昨晩、ミス・ブラックは言っていたから、犯人は午前二時前後に大学の電話がつながる人物だったということになる。もう一度、最初からリストを見ていくよ。今回に限ってはイエスかノーじゃなくて、もし知っていたらそれぞれの正確な住所と、電話交換室が夜中のその時間に開いているかどうかも教えてほしい。用意はいいかい？」

「いいわ」

「ジェームズ・カーニー」

「男子寮のマクファーレン・ホール、電話交換室は開いてる」

「オストランダー教授」

「男子寮のフランクリン・ホール、電話交換室は開いてる」

「ジャド・フィリップス」

「チェスナット・ヒルのどこか、大学の電話交換局じゃない」

「ピーター・パイパー」

「女子寮のフィールディング・ホール、電話交換室は閉まってる」

「ルアク教授」

「オストランダー教授と同じ。独身の先生はたいていそこよ」

「ジニー・パット・ソーンダイク」

「わたしと同じ」

「クライド・ウッドリング」

「この人もフランクリン・ホール」

トリローニーは鉛筆を置いた。

「こんな具合だ。もちろん、このあとも、まだまだいろいろな要素を決めてこれを続けなきゃならない。でも、この二つだけでも、実際に役立つと思うよ。両方ともイエスなのは三人、カーニーとルアクとウッドリングだ」

「でも、きのうの夜、ヘレンが電話したとき、ジェイミーとクライド・ウッドリングは寮の部屋にいなかったわ」と私は反論したが、そうなるとルアク教授以外は全員除外されることに気づき、しまったと思った。けれども、トリローニーは、少なくともいまはこの人員削減方法を採用しないらしく、こんなふうに答えた。

「それはここでは関係ないんだ。さっき説明したように、結果に何かしらの意味をもたせるためには、この方法でもっといろいろな要素を考察していく必要があるんだ。いまの二つの例の結果を覆す結果が出てくることもあるかもしれない。でも、それによって、少なくとも探るべき方向が定まっていくんだよ」

トリローニーはブーン巡査部長のほうを向いた。「昨晩、フランクリン・ホールとマクファーレン・ホールの当直だった電話交換手をつかまえて、午前二時の前後十五分のあいだに電話を受けていないか、もし受けていたなら誰に宛てられたものだったか訊いてくるよう部下に指示していただけませんか。そのあいだに私はミス・パイパーと昼食に行ってきます。一時間後にここで会いましょう。

一時間で足りますか？」

　巡査部長はうなずいた。

「その仕事は、あたしがやりましょう。そうすればまちがいない」

「巡査部長は」キャンパスを出たところの通りを渡りながら、私はトリローニーに訊いた。「安食堂じゃ食べないの？」

「食べるさ！」トリローニーは大笑いした。「時間さえ空けばしょっちゅう食べてるよ。だから決まった食事の時間にはこだわらないのさ」

　トレイをテーブルに運んでいると、ジニー・パットとジェイミーが向こうのテーブルにいるのが見えた。こちらに向かってジニー・パットはにっこり笑い、ジェイミーは手を振った。二人ともヘレンのことをまだ聞いていないのは明らかだった。

「いまのうちに、二人で楽しませておいてあげよう」トレイの上のものを平らげ、脇に寄せたトレイが回収されるのを待っているあいだ、トリローニーは言った。「あとでたっぷり不安な思いをすることになるかもしれないから」

　それを聞いて、私は穏やかでいられなくなった。

「どういう意味？　まさか……ヘレンの事件にもジェイミーが絡んでるって思ってるんじゃないでしょうね」

「そうじゃないといいが」トリローニーは真面目な顔つきで言った。「あの不良青年のことは嫌いじゃないよ。でも、ピーター、覚えておいて。昨晩、二時前に彼はまたもや出ていってるんだ。そして、誰にも気づかれないように寮の部屋に戻るような男なんだよ」

トリローニーが指定した一時間よりずっと早くカレッジ・ホールの例の部屋に戻ったが、ブーン巡査部長はすでに待っていた。すっかり落胆した様子だった。

「ミスター・トリローニー、電話の試みはうまくいきませんでした」と、巡査部長は告げた。「マクファーレン・ホールの交換手は一時以降に三本の電話を受けたそうなんですが、全部、事件とは関係ない子に宛てたものでした。フランクリン・ホールの青年は一時四十五分くらいに一本受けていましたが、まちがい電話だったそうです。どこかで方向を誤ったようですな」

トリローニーは眉を寄せた。「ピーター、キャンパス内で、これらの人たちが電話を受けられる場所はほかにないかい？」

私はしばし考えた。

「ウィンストン・ホールはどうかしら？　男子学生集会所の」

「ありえるね。あそこは午後十一時に閉館ってことになっているけど、それ以降も入れるからね。学部生時代、一人で試験勉強したいときは夜中にあそこへ行く連中がいたのを思い出すよ」

「あそこに電話すれば犯人と話せることをアーチー・シュルツが知っていたとすれば」と言いながら、私は推理を軌道修正できたと確信した。「犯人はそこへ行くのを習慣にしてる人かもしれないわ。でも、ヘレンが電話したときちょうどそこにいたっていうのは、いくらなんでも偶然すぎるわね」

「そうだな。それに、たしかウィンストン・ホールには電話交換室がないから、電話が鳴ったら、たまたま近くにいた人が取るのが普通だ。だから、ミス・ブラックが、自分の電話に出た相手がシュルツの電話の相手だとわかったはずがない」

そのとき、私はあることを思いついて、はっとした。

「そうだわ！　テッド、もしヘレンがウィンストン・ホールに電話してたんだったら、そのリスト上の男性なら誰だって彼女の電話を受けられるということよ。ジャド・フィリップスもね！」

トリローニーはうなずいた。

「ああ、僕もそう思ってた。あとから出た結果が、先に出た結果の内容を覆すってことがここで証明されたね」

ブーン巡査部長が何か言いたそうに咳払いした。

「二人目の電話交換手と話したあと」私たちが顔を向けると、巡査部長は話し出した。「クイック・アンド・ダーティーに立ち寄って、パイを一切れつまみながら考えたんですがね、でも、ミスター・トリローニーみたいな名推理は浮かんでこなかった。で、昔ながらの動機と機会だけに絞って考えてみた。その結果なんですがね。

まず、機会があるのは誰か？　これは、ほぼ全員にある。そこで、動機を考えた。

手稿が本物でなかったかもしれないと、昨晩、チビデブ教授が言ってたことを考えると、シュルツはそのことを知って口封じに殺されたんじゃないかと思いましてね。だから、シュルツがそれをしゃべったら一番損して、なおかつ、しゃべらなかったら一番得するのは誰かと考えたんですわ。たどり着いた答えは一人——チビ助ルアクです。手稿は正真正銘ホンモノだと聖書に誓う勢いでしたからな。まがい物に一万ドル払うよう大学に働きかけたなどとおおやけになれば、誰かさんからどんな罵声を浴びせられることか。大学を辞めることにもなりかねん」

巡査部長は一呼吸置いた。私たちの感想や反応を待っているようだった。

「なるほど」トリローニーは当たり障りのない返事をした。「続けてください」

「さて」と、巡査部長は促されるままに続けた。「次に、この電話の側面からもう一度考えてみた。ブラック女史がどっちの寮にも電話してないとわかったときは顔面に一撃食らった気分でしたが、それでも、もし彼女がシュルツと同じ番号にかけたとすれば、大学内の番号にかけたにちがいないことはわかっている。ならば、そこを掘り下げてみようと思ったわけです。

　そのリストの中で学校に住んでる男は四人――カーニー、教授二人、ウッドリングです。でも、カーニーに電話するのはありえない。なぜって、カーニーはまだブタ箱にいると思ってたはずですから。ウッドリングと話すのもありえない。まさに同じドラッグストアにいたんですから。そうなれば、残るは教授二人ですな。

　だが、チビデブ教授は手稿が本物であろうがなかろうが、まして誰がそれを知っていようが構いやしない。とはいえ、昨晩の様子を見るに、本物でなけりゃいいと思ってるようでしたがね。となると、残るは一人――ルアクです。思い出してください。最初に言ったように、ルアクはシュルツを殺る《や》第一級の動機を持っていた唯一の人物だったってことを。以上、P・W・A《公共土木事務局》（ニューディール政策の一環として設けられた機関）ですな」

「それを言うならQ・E・D《証明終わり》でしょ、巡査部長」トリローニーはそう訂正したものの、心ここにあらずだった。ブーン巡査部長がいま言ったことをじっと考えている様子だったが、やがて、口を開いた。

「つまり、オストランダーとフィリップスが確認できないようにルアク教授はシュルツに手稿を盗みに行かせ、シュルツが着いてみると、手稿はカーニーが持ち去ったあとだったので、ルアクに電話して計画は失敗したと伝えたというわけですね」ジェイミーがここで事件に関わっていたことは、すでに巡査部長には伝えてあったのだ。「そして、ルアクがやってきて、シュルツに裏切られたと何かしらの理由で思い込み、彼を殺害したということですね。しかし、それでは、手稿が調べられることをルアクが知っていたのが前提になります。それはありえないと思います」

「だとしても、知っていたにちがいない」巡査部長は反論した。「カーニーが伝えたかもしれん」

「それならば、シュルツとカーニーは別々じゃなくて一緒に行動したんじゃないでしょうか。そもそもシュルツを巻き込む理由がない。

もう一つ、考慮すべきポイントがあります。ルアク教授は学者です。おそらくエドガー・アラン・ポオに関しては当代の最高権威でしょう。にせのポオの手稿を本物と判断することは現実的にありえない。もしルアク教授の容疑を固めたいなら、手稿は偽物だと最初からわかっていたと仮定しなければなりません。その上で、ルアクが明らかに得することになる、あるいは、それに匹敵する強い動機があることを証明しなければなりません」

巡査部長は手の甲で顎をこすると、決然とした表情になった。

「わかりました、ミスター・トリローニー。そういうことであれば手を下しませんが、あとは知りませんぞ」

三冊目　モルグ街の殺人

第一章　解き明かしていくという知的活動……

その日はそれ以上、何も起こらず、フィラデルフィアの新聞が競い合って馬鹿げた内容の号外を出しただけだった。キャンパスは、バーベキュー場のアリの数ほどたくさんの記者で溢れた。誰か——きっとクライド・ウッドリングだと思うのだが——が、二件の殺人がポオの短編小説と似ているなどと軽率なことを言ったので、記者たちはその情報を掲げ、誇らしげに町に出た。偏執狂の仕業にちがいない、だとすれば殺人はこれからも続くだろうと嬉々として書き立てた新聞もあった。次はポオのどの小説だろうかと憶測をたくましくし、『早すぎた埋葬』、『黒猫』、『ホップ・フロッグ』、『モルグ街の殺人』といった想像を掻き立てる小説の題名を今後の可能性としてリストアップまでしていた。

次の日——日曜日——の朝、私は前日の朝に始めたことの続きをやった。事件の流れを大まかに書き出したのだ。書き終えて、読み返して初めて、電話が重要な役割を果たしているのに気づいた。

最初にアーチー・シュルツがジャド・フィリップスに電話し、フィリップスはアーチーの電話の目的など皆目見当がつかないと主張した。二番目に、アーチーは謎の人物に電話し、おそらくこの人物がアーチーを殺したのだろう。三番目に、おそらく同じ番号にヘレン・ブラックが電話し、ヘレンも同じような結末をたどった。あちこちで電話が使われている。

もちろん、二番目と三番目の電話が関係しているのはまちがいない。では、最初の電話は？　のちに自分を殺す人物に電話する直前にアーチーがジャド・フィリップスに電話したのはたまたまだろうか？　いや、たまたまとは少々考えにくい。少なくとも、手稿が消えているのを発見した直後にアーチーがフィリップスに電話したのには、何かしら明確な理由があるに決まっている。

そのとき突然、ある考えがひらめき、頭の中に星がぴかぴか輝いた。アーチーはジャド・フィリップスに電話したが、フィリップスが不在だったので話すことができなかった。だとすれば普通は、アーチーの興奮した声からわかるほど重要な電話なのだとしたら、応対した相手に「フィリップスさんはどちらにいらっしゃるのでしょう」と尋ねるのではないだろうか。しかし、アーチーは尋ねなかった。ということは、受話器の向こうの相手は、尋ねられることなくフィリップスの居場所を教えたにちがいない。そうだとすれば、二本目の電話もかけた相手は最初と同じ――つまり、ジャド・フィリップスだったにちがいない！

この名推理に興奮し、いろいろな考えが頭の中をぐるぐる回りはじめたが、ようやく整理がついた。こんな流れだ。

『ユーラルーム』が正式に展示されることになった日の午後、文学のティー・パーティーが開かれた。大学が購入する前に『ユーラルーム』の発見のことを知っていたら大学より五千ドル高い金額を出したのに、とジャド・フィリップスが言った。面白半分で騒動の火付け役になるのが好きだったヘレンは、それをわざわざクライド・ウッドリングに伝えた。クライドのちょうど後ろに立っていたアーチーが、それを聞いていた。

アーチー・シュルツはプロの彫版師だったので、直筆の原稿を精巧に偽造できたはずだ。同時に、彼は邪《よこしま》な人間だった。邪《よこしま》な人間は、身を落としてでも邪《よこしま》なことに手を染めるものだ。彼はフィリップスを訪ね、一万五千ドル払ってくれるなら手稿を盗んで、それがばれないように古めかしく見える偽物を作ってすり替えましょうと持ちかける。大富豪の収集家によくあるようにモラルに欠けたフィリップスは、申し出を受け入れる。アーチーは、長時間アルコーブで手稿を見ている理由を、レポートを書くためにじっくり観察したいんだとヘレンに説明して、計画を進める。

はじめは万事順調だった。手稿はすり替えられ、誰も――フィリップスとアーチー以外――そのことを知らない。そこへ、よその大学の教授が――ちなみに、その教授の正体はわかっていない――やってきて、事態はとんでもない方向へ。

最初にフィリップスを嫌な予感が襲ったのは金曜日の午後だった。オストランダー教授が電話をかけてきてヘレンの書いた手紙の話をし、今夜、大学に来て手稿について意見を聞かせてくれませんかと言ったのだ。これは困ったことになった。フィリップスは真実を知っているのだから。もし本物でないと打ち明ければ、とてつもない騒ぎになるだろう。それとともにどれだけのものを失うか、予想もつかない。では、本物だと断言して、実はそうでない証拠をオストランダーが見つけたら、いかにも怪しい。

そこで、唯一の安全な逃げ道は、その夜、手稿がなくなっていて確認できないようにすることだという結論に至る。フィリップスはアーチーを送りこんだ。アーチーは夜の早いうちに偽物を持ち去る予定だった。おそらくジェイミーと似たような方法で、盗み出すチャンスを作ろうとしたのだろう。何かあればヘレンがかばってくれると思っていたにちがいない。ヘレンは書庫に入っていったとき、そんな素振りを見せていた気がする。

ところが、厩舎に着いてみると、時すでに遅し。馬は盗まれたあとだった。慌てふためいたアーチーは、事の次第を伝えようとフィリップスに電話したが、フィリップスはオストランダーと会うために出かけてしまっていた。次に、アーチーはフィリップスが執事に残していった大学の番号に電話する。こうして、フィリップスをつかまえることができた。

フィリップスは何かしら理由をつけてオストランダーを一人残し――もしくは、ウィンストン・クラブが待ち合わせ場所だとしたら、オストランダーはまだ到着していなかったかもしれない――図書館へと走り、アーチーに非常口を開けさせ、中へ入った。どうしてもっと早く仕事を片づけなかったんだとアーチーは叱責され、二人は口論となった。侮辱されて憤慨したアーチーは、態度を改めなければ一部始終を表沙汰にするぞと脅したのかもしれない。それを聞いて激怒し、理性を失ったフィリップスは……。

私は話を組み立てるのに熱中し、すっかり時間を忘れていた。机の上の時計を見ると、一時半を回っていた。昼食の時間が三十分も過ぎていた。

大学寮の昼食時間は、日曜であっても、厳しい決まりがあるわけではない。食堂が開いたら、いつでも入っていって、自分の好きな小さなテーブルに座り、食べ終わったら、誰から指示されることもなく勝手に出ていけばいい。そういうわけで、私は遅れて食堂に入ったが、たいした問題ではなかった。問題があるとすれば、チキンの端のほうしか残っていなかったり副菜がなくなっていたりといったことくらいだった。

食堂に入ると、ジニー・パットが、ここよと手招きした。入り口にいるときは隠れていて見えなかったが、ジニー・パットにはすでに昼食の友がいた。ミス・カッツだった。

テーブルに二人しかいないときは、先に食べ終えたほうが食べ終えていないほうを待っているのが礼儀というものだ。しかし三人ならば、お先に失礼と言って席を立っても不躾には見えない。私は自分がどんな状況になるか気づいたが、すでに遅かった。ジニー・パットはもうアイスクリームの段階に入っていて、カッツィーはといえば、まだスープを懸命に飲んでいた。

小悪魔ジニー・パットは私が席に着くのを待ってから、残りのアイスクリームをいっきに平らげると、愛らしい笑顔で「お先に失礼いたしますわ」と言い、もちろん帰っていいよねという顔で立ち上がった。私はカッツィーと二人きりにさせられた！

突然、どしゃ降りの雨に遭ったときはどうするだろう。息を深く吸って、頭を下げ、ひたすら前に突き進む。私はそんなふうに、ひたすら食べ物を掻きこんだ。そしてカッツィーのおしゃべりに、ときおり、「ええ」とか「いいえ」とか相づちを打ち、然るべきタイミングで然るべき答えを返しているかどうかは運を天に任せていた。

カッツィーのおしゃべりが途切れたので、私は何か質問されてカッツィーがその答えを待っているのだと気づいた。

「ご、ごめんなさい。何て言ったのか聞こえなかったの。もう一度言ってくれる？」

「あのね」カッツィーは嫌な顔一つせず言った。「チェスナット・ヒルのジャド・フィリップスさんのお宅にポオのコレクションを見せてもらいに行こうと思っているの。ルアク先生のクラスの学生は行っていいことになってるでしょ。レポートの参考になるものがあるんじゃないかと思って。あなたも行きたくないかしらと思ったのよ」

「ああ、本当にごめんなさい、カッツィー」私はしゃあしゃあと嘘をついた。「午後はずっと忙しいの。私のレポートの締め切りはあなたの次の週だから、まだほとんど手をつけていないし」

カッツィーはがっかりしたようだった。

「一人で行きたくないのよ。フィリップスさんのこと知らないから、わたし……わたし、ちょっと緊張しちゃって」

「ジニー・パットが行くんじゃないかしら」と、私は言った。彼女に一つ借りをつくろう。

カッツィーは首を横に振った。

「さっき誘ったわ。あの方も今日は忙しいんですって。きっと、あの」と言うと、カッツィーは内緒話でもするようにニッと笑った。「優しいカーニーさんとデートね」

こうしてカッツィーはその日の午後、ジャド・フィリップスのポオ・コレクションを見に一人で出かけていった。以来、私は深い後悔の念にさいなまれつづけている。

昼食のあと、私は散歩に出かけた。新たに思い浮かんだ推理をもう一度よく考えたくて、一人になりたかったのだ。

ウッドランド街を歩いていると、前からルアク教授がやってきた。私が真面目くさって「こんにちは」と言うと、教授は帽子を持ち上げてそれに応えた。そして、そのまま通り過ぎるかと思っていると、立ち止まった。

「ミス・パイパー、もしミス・カッツに会うことがあったら、レポートの提出は今度の土曜日だと伝えてくれるかね。この二、三日の騒ぎに動揺して、忘れていないかと思ってね」

「伝えておきます、ルアク教授。でも、忘れていませんよ。参考資料がもっと見つかるかもしれないからミスター・フィリップスのところへポオのコレクションを見に行くと、今日の昼食のとき言っていましたから」

ルアク教授は礼を言うと、行ってしまった。私もそのまま歩きつづけた。一ブロックほど進んだところで、すぐ横の縁石のところに車が停まったかと思うと、声がした。「お嬢さん、乗りませんか?」振り向くと、ダッジの運転席からトリローニーがにやにやしながらこちらを見ていた。

「乗ってあげるわ。タイヤでルンバを踊らないって約束するなら」これまでにも彼の車に乗ったことがあったので、運転スタイルはよくわかっていたのだ。

「ワルツに徹するよ」と言い、トリローニーは助手席のドアを開けた。

「何か進展は?」車が発進するや、私は訊いた。

「ないんだ。だから、ちょっと心配なんだよ、ピーター。ブーン巡査部長は電気椅子送りの第一候補として、まだルアク教授に目をつけてる。いまのところはどうにか引き延ばさせてるけど、目新しいことがすぐにでも見つからなければ、僕が何を言おうとルアク教授を逮捕するだろう」

「目新しいことがあるかもよ。憶測に過ぎないんだけど、あなたの意見を聞かせて」

私はジャド・フィリップスが犯人ではないかという仮説を話して聞かせた。

話すあいだに、トリローニーはだんだん興味を示しはじめた。

「驚いたよ、ピーター! それが正解だよ。すべてじゃないにしてもね! 最初からフィリップスがどこかで絡んでいる気がしていたんだが、決め手がなくてね。これからチェスナット・ヒルの彼の家に行って、二つのことをしようじゃないか。まず、彼の執事に金曜の夜のことを訊く。そして、ポオ・コレクションを見せてもらう。どうだい? 勇気はあるかい?」

勇気はあるかですって! 当たり前じゃないの!

「でも、『ユーラルーム』をほかのコレクションと一緒に置いておくほどフィリップスはうかつな人間だと思う?」と、私は言った。

「チャンスに賭けるしかないな。でも、可能性がないとは言えない。いまのところフィリップスと手稿との接点はないし、コレクションは個人所有の財産だから、彼が特別に許可しないかぎり、まず見る人はいない。僕たちも断られるかもしれないな。必要なら、郡検察局の名前をちらつかせて少しばかり圧力をかけるけど」

「その必要はないと思うわ」私はもったいぶって言った。「ルアク教授の学生は、いつでも好きなときに彼のコレクションを参考資料として見に行っていいことになってるのよ。そして、わたしはその一人」

そのとき、カッツィーのことが頭をよぎった。

「どうした?」私の表情が急に変わったのを見て、トリローニーは言った。

私は、昼食のときのことをトリローニーに話した。

「彼女、危険な目に遭ってないわよね?」不安が私を襲った。「もし手稿がそこにあって、カッツィーがそれを見つけちゃって、彼女が見つけたのをフィリップスが知ったら……」言葉に詰まってしまった。

「それはどうかわからないけど。ピーター、そのミス・カッツが今日の午後、そこへ行くことを知っているのは何人いる?」

「私の知るかぎり、あと一人。お昼を食べてる最中に彼女が私を誘ったとき、ジニー・パットのことも誘ったって言ってたから。あっ、忘れるところだった。あなたが通りかかったちょっと前に、私からルアク教授にも言ったんだったわ」

トリローニーは何も答えなかったが、車のスピードが速くなったのを私は感じた。

第二章　暖炉の中に見られたので……

ジャド・フィリップスの執事は、ウッドハウス（P・G・ウッドハウス。一八八一～一九七五。英国に生まれ、アメリカで活躍したユーモア小説家）の小説に出てきそうな男性だった。冷静で、道義をわきまえ、機転の利くタイプだ。冷静で、道義をわきまえているというのは、ありがたかった。この二つの天分があれば、彼の管理する敷地内で血なまぐさい殺人事件が起こるという不愉快極まりない事態になっても安心できる気がしたからだ。

「申し訳ございません」トリローニーの問いに執事はこう答えた。「今日の午後は、ミスター・フィリップスは不在でございます。車で町に出かけまして。伝言がおありでしたら、お預かりいたします」

「いや、結構です」と、トリローニーは答えた。「実はフィリップス氏は不在でも構わないんです。最初にあなたとお話がしたかったのですから。郡検察局から来ました」

完璧に無表情だった執事の顔が、びくりとして崩れた。隠していた罪を思い返し、どの罪が跳ね返ってきたのだろうと思ったにちがいない。

「お入りください」と、執事は言った。「そちらの方も、どうぞ」

私たちは中に入った。

「どうか心配なさらないでください」と、不安そうにしている執事にトリローニーは言った。「金曜日の夜にこの家にかかってきた電話について二、三、質問したいだけですから」

「電話ですね?」

「ええ、八時四十五分ごろ、フィリップス氏宛てに電話した男がいるんです。その電話を取りましたか?」

「はい、たしかに。覚えております」執事は、協力を惜しまないという態度だった。「ミスター・フィリップスは不在の旨をお伝えしましたが、名前も伝言もお残しになりませんでした」

「フィリップス氏がどこに行ったのか、その男に教えましたか?」

「いいえ、そのような内容は、存じ上げない方には決してこちらからはお伝えいたしません。とりわけ電話では」

トリローニーは、やっぱり叱られたという顔をしたが、私はトリローニー以上にきまりの悪い思いをしていた。私のみごとな推理は木っ端みじんに砕けたように思えた。

「わかりました」と、トリローニーは言った。「私の用件は以上ですが、せっかくお邪魔しましたので、ここにいるミス・パイパーがフィリップス氏のポオ・コレクションを拝見したいそうです。あの大学の学生なんです」

その証拠に、私は学生証を差し出した。

それを見た執事は、少し緊張がほぐれたようだった。それまで私を何だと思っていたのだろう。婦人警官? それとも犯罪者?

「ありがとうございます」と執事は言い、それからトリローニーのほうを向いて、「ご一緒にご覧になりませんか?」と、言った。

「それはありがたい」その声には遠慮というものが皆無だった。

「こちらへどうぞ」執事は先に立ってホールを進むと、「男性の方と女性の方がもう一人ずつ、コレクションを見にいらっしゃっています」と、ドアの前で立ち止まって言った。

男性の方と女性の方ですって！　心臓が喉元まで出かかった。男性の方と女性の方がジニー・パットとジェイミーだったら！　トリローニーにちらりと目を遣ると、彼の顎の片側の小さな筋肉がぎゅっと縮んだ。

執事がドアを開けてくれたので、部屋の中を覗いた。が、そこにいたのは、肘掛け椅子に座るクライド・ウッドリング一人だった。彼はリー・アンド・ブランチャード社が出版したポオの『グロテスクとアラベスクの物語』を見ていた。

クライドはドアの開く音に、顔を上げた。

「やあ、ピーター！」クライドは驚いて立ち上がった。「君も来るってわかってたら、車に乗せてきたのに。レポートの調べ物？」

私はクライドの質問を無視した。

「カッツィーはどこ？」声に力がこもった。

「カッツィー？」クライドは、きょとんとした顔でくり返した。「知らないよ。カッツィーもここに来るはずだったの？」

ここでトリローニーに気づいたクライドは、良からぬ事態をようやく察したようだった。

「君が来たとき、ミス・カッツはいなかったかい？」と、トリローニーは訊いた。

クライドは首を横に振り、ますますきょとんとした顔になった。

「僕が来たときは誰もいませんでしたよ。僕がレインさんに」と、まだ後ろにいた執事のほうを見てクライドは言った。「フィリップスさんが戻るまでポオのコレクションを見ていますと言ったとき、女性が一人いるとかなんとか言われましたけど、ここに入ってみると誰もいませんでした。レインさんに何も言わずに帰っちゃったんだなと思っていました。そしたら、いまピーターが入ってきたので、女性っていうのはピーターのことで、忘れ物でも取りに戻ってきたのかと思いましたよ」

　トリローニーは執事のほうを振り返った。

「ウッドリングさんを入れたとき、部屋には誰もいなかったのでしょうか?」

「ミスター・ウッドリングをお部屋までご案内していないのです」と、執事は答えた。「家の中にお通ししてすぐ電話が鳴ったものですから。ミスター・ウッドリングはこれまでも何度かコレクションを見にいらっしゃっていたので、部屋の場所はわかるから電話に出るようにとおっしゃっていただきました」

「どのくらい前の話ですか?」

「十五分くらいでしょうか。いや、ほんの十分くらいかもしれません」

「ミス・カッツが来たのは、そのどれくらい前ですか?」

「その一時間近く前でしょうか」

「どうして、いきなりカッツィーの話になるんだい?」トリローニーと執事が話している陰で、クライドが訊いてきた。「君たち二人で彼女をここまでつけてきたなんて言わないでくれよ。彼女が関わってるかもなんて……」

「正確には、つけてきたわけじゃないの。具体的に何を心配してるのか、自分でもわからないのよ。

でもね、クライド、何かが起こりそうな気配よ。とんでもなく恐ろしい何かが！」

そのとき、トリローニーが私たちのほうを向いた。

「ここにいるレインさんによれば、ミス・カッツがレインさんの知らないうちに正面玄関から屋敷を出ることは、まずないそうだ。レインさんは知らない人がコレクションを見ているときは必ず玄関ホールにいることにしてるそうなんだ。だから、それ以外でここから出ていくとすれば、この部屋の二つの窓のうちのどちらかを使うしかないらしいよ。ウッドリング君、君が入ってきたとき、どちらかの窓が開いていたかい？」

「いえ、両方とも閉まっていました」とクライドは言ってから、笑いをこらえる顔をした。カッツィーが窓から出ていくのを想像して、笑いが込み上げてきたのだろう。私もここまで心配していなかったら、同じ顔をしていたところだ。

「ますます不思議なことになってきたな」トリローニーは眉をひそめ、この四方の壁の内側に隠された、謎を解くカギを探すように、部屋全体をぐるりと見渡した。執事が示したとおり、ドアのほかにここから出ていく手立ては二つの窓しかない——南側の壁のほとんどを占める大きなスペイン風の暖炉でも使わないかぎり。だが、カッツィーがコウモリのように煙突をするすると上っていくなど、窓から逃げ出したと考えるよりもっと馬鹿げた考えだ。それでも、まさかとは思うけれど、カッツィーはいずれかの方法で出ていったにちがいない。この部屋にいないのは明らかなのだから。手稿を入れておくために特別にしつらえたキャビネットと本棚で下半分を覆われた壁も壊されていないし、隠れられそうなクローゼットや物置もない。

トリローニーがまた執事に話しかけた。

「ミス・カッツがここに来てからのことを、思い出せるかぎり全部話してくれませんか。どんなに小さいことでも一つ残らず詳細にお願いします。それが重要になってくるかもしれませんから」

執事は両手で顎を包むようにした。その身ぶりを見て、脈絡もなくブーン巡査部長を思い出してしまった。

「それでは」と執事は、トリローニーの指示に忠実に従おうとするようにゆっくりと話しはじめた。

「女性が呼び鈴を押したのでドアを開けると、大学でルアク教授の授業を取っている学生だがポオのコレクションを見せてもらえないかとおっしゃいました。例によって、学生証を見せていただきました。いま話されていたので思い出したのですが、名字はカッツと書かれていました。ファーストネームのほうは忘れてしまいました」

「構いません。続けてください」と、トリローニーは言った。

「この部屋にご案内すると、とくに書簡に興味をお持ちとのことだったので、書簡の入っているキャビネットを教えてさしあげました。そのあとわたくしは、女性が帰られるまでホールでもろもろの用事を片づけようと部屋を出ました。

けれども、二、三分ホールにいたところで、金曜日の夜にポオの手稿が大学の図書館からなくなったという話をふと思い出し、少々不安になったのです。わたくしはその女性を存じ上げません――ここにいらしたのは初めてでしたし、大学の学生証は見せていただきましたが、ここに入るために盗んだ可能性もあります。そこで、ミスター・フィリップスに電話して、女性を入れてしまったがよかったかどうか伺うことにしました。

けれども、ミスター・フィリップスの返事は、「いっこうに構わない」というものでした。そこで、またホールに戻りまして……」

「ホールに戻った？」と、トリローニーは言った。「では、電話は別の場所にあるのですね？」

「はい、書斎にあります。この隣の大部屋です。かつては両部屋をつなぐドアがあったのですが、もっとスペースが欲しいとミスター・フィリップスが塞いでしまわれ……」

「それはいいでしょう」トリローニーは話を遮った。「書斎にはどのくらいいたのですか？」

「十分くらいです。ミスター・フィリップスに取り次いでもらうまで、少々時間がかかりました」

「電話しているあいだに、もしホールを通る人がいたら見えるよう、ドアは開け放しておきましたか？」

「それはしておりませんでした」執事は言い訳のような口調になった。「ミスター・フィリップスにお尋ねしたかった内容は少々デリケートでしたから。万一、女性がホールに出てきたときに、会話が漏れ聞こえるようなことがあっては困りますので」

「これで謎が解けましたね、トリローニーさん」クライド・ウッドリングが割って入った。「レインさんが書斎で電話してるあいだに、ミス・カッツは普通にこのドアと正面玄関から出ていったんですよ。書斎のドアは閉まっていたんですから、当然、レインさんは彼女が帰るところを見なかったんでしょう」

しかし、トリローニーは納得していないようだった。

「信じられないな。どうしてすぐに帰ったんだろう？　着いてから数分しか経っていないのに」

「ほんとだ、おっしゃるとおりです」クライドは笑顔で認めた。「一つの謎が解けると、また新たな謎が現れる。まるで謎解きだ」

そのとき、執事がはっとした顔をした。

「皆さま方！　こんなことはないでしょうか！　あのミス・カッツがミス・カッツでない、つまり、ミスター・フィリップスのコレクションから金目のものを盗む目的で偽造した身分証明書を持ってきた成りすましの詐欺師という可能性は？　そして、目的のものを盗んだあと、ホールに誰もいなくなった瞬間を狙って逃げた！」

クライドとトリローニーは、互いの腹の内を探るように目を見合わせた。

「ありえますね」と、先に口を開いたのはクライドだった。トリローニーはうなずくと、また執事に向かって言った。

「レインさん、その女性の姿かたちは？　おっしゃってくだされば、本物のミス・カッツだったかどうか、パイパーさんとウッドリング君が判断してくれるでしょう」

「そうですね」ここにいないカッツィーの、その親友を怒らせまいとでもするように、執事は慎重に言葉を選びながら話しはじめた。「年かさの未婚婦人といったタイプでした。背は高く、華奢で、高い声をしていました。甲高いとか耳障りといった声ではなく……ええと、わざと高い声を出していたら戻らなくなったみたいな」

「それはカッツィーだわ！」と、私は叫んだ。「そんな人が二人もいるわけないもの」

クライドも、まちがいないとばかりにうなずいた。

トリローニーは考え込んでいるようだった。

「それでも念のため、手稿のコレクションを確認させていただくことにしましょう。もし何かが紛失していたら、わかりますか？　レインさん」

「はい、わかると思います」執事は待ちきれない様子で答えた。「具体的に何とは申し上げられないかもしれなせんが、キャビネットの埋まっているはずの引き出しが空《から》だったらわかります」

「それでは、さっそく調べましょう」と、トリローニーは言った。

執事は一番近いキャビネットに行くと、一段目の引き出しを開けた。引き出しの上部には金属カバーが被せられており、執事はそれを、手前の端についている輪っかを使って持ち上げた。カバーの下には、引き出しの高さの半分くらいの位置に二つ目のガラス製のカバーがあった。そのガラスカバー越しに、詰め物をした紫のビロードの上に横並びで載せられた黄ばんだ二枚の紙が見えた。ポオ自身でさえ、一生を通じてここまで大切にされたことはなかっただろう。

引き出しの開いたわずかな時間に、「我が愛するシシー」で始まり「エディ」というサインで結ばれた手紙が目に映った。それが幼妻ヴァージニアにポオが送った手紙だと気づき、遠い空想でしかなかったものが突如として身近な現実になったという畏怖の念の混ざった興奮を感じた。執事は引き出しを閉め、次の引き出しを開けた。こうしてそのキャビネットの六つの引き出しをすべて確認すると、次のキャビネットに移った。

このキャビネットの三段目の引き出しに来たとき、執事は眉をひそめて、はて、という顔をした。

「どうしましたか?」トリローニーはすかさず訊いた。「何かなくなっているとか?」

「確信はないのですが」執事は戸惑っているようだった。「この引き出しには、昨日は二点が収められていたと思いまして。いまは一点しかないものですから」

「もう一つは何だったか覚えていますか?」

執事は一瞬、間を置いた。

「一篇の詩だったような気がいたします。行間の開き具合がそのようでした。ですが、申し上げましたとおり、ここに本当にあったかというと確信がございません。見たのはほかの引き出しだったかもしれません」

私たちはキャビネットの周りを囲んで、引き出しの底の、何も載っていない紫のビロードの敷物を見つめた。そこに置いてあったものの跡が、敷物の上に残っているのではないかと思っているような目になっていた。

そのとき、音がした。

乾いた葉が擦れるような、鳥の羽根で何かを撫でるような、さらさらという、聞こえるか聞こえないかの微かな音だった。しかし、一瞬の静寂を経て、たしかに何かが聞こえてきた。

私たちはいっせいに音のする方向を見た。

真っ暗な暖炉の中で、幅広の煙突から人間の腕がだらりとぶら下がっているではないか！

第三章　必要なのは、何を観察すべきかを知っていることだ

無残なカッツィーの死体が煙突から引っぱり出されたとき、私は現場にいなかった。トリローニーとクライドに別の部屋へ行かされたのだ。だが、そのあと、ブーン巡査部長と検死官を待つあいだ、トリローニーが少しだけ様子を話してくれた。

「シュルツやミス・ブラックと同じく、首を絞められてたよ」私がしつこく訊いたので、トリローニーはしぶしぶ答えた。「だけど、今回はそれほどひどいあざじゃなかった。だから、煙突に突っ込まれたあと窒息死したのかもしれない。体もまだ温かかったから、息絶えたのはこの一時間……いや、そこまで経っていないかもしれない」

「ああ！」私は吐き気がして、部屋全体がぐるぐるとうねるのに耐えながら、うめくように言った。「テッド、まさか……まさか、私たちがここに来たとき彼女はまだ生きていたんじゃないでしょうね。彼女がどこにいるのかわかっていれば……」

「いや、それはない」トリローニーが不自然なほど力を込めて言ったので、まさに彼もそれを恐れていたのだ。

そこへ、レインが入ってきて、ウィスキーの瓶とサイフォンとグラスを載せたトレイをテーブルに置くと、出ていった。

トリローニーはウィスキーをグラスに注ぎ、私に手渡した。

「飲みなさい。その緑色になった顔に効くよ」

ぼんやりしたまま、最初ににおいも嗅がずに、私はぐいと飲んだ。次の瞬間、私まで息が詰まって死ぬかと思った。私の場合は、体の内側から喉をふさがれた気がしたのだが。ウィスキーはストレートだったのだ。

「テッド・トリローニー！」息を吹き返すと、私は怒って大声を上げた。「酔っ払って大学に戻ってごらんなさい。女子学生部長から追い出されるわ。彼女にとっては、女子学生は酔っ払うより死んでくれたほうがましなんだから」

「女子学生部長なんて気にするなよ。君と同じ経験をしたら、女子学生部長だって一杯飲みたくなるさ」

またドアが開き、今度はウッドリングが入ってきた。顔色は悪かったが、それ以外は落ち着きを保っているようだった。

「警察と検死官が来ましたよ」と、ウッドリングはトリローニーに言った。「ブーン巡査部長が呼んでいます」

トリローニーは彼に礼を言うと、出ていった。ウッドリングは部屋に残った。

「クライド、本当に……恐ろしいわ！　今日、昼食のときカッツィーに、午後、一緒にここに来ないかと誘われたの。そうしていたら、こんなことにならなかったかも」

「彼女と一緒に来なくてよかったんだよ、ピーター！」ウッドリングははっきりと言った。「来ていたら、被害者の数が『モルグ街の殺人』と同じになるところだった。半分だけじゃなくてね」

またもや部屋がうねりはじめた。トリローニーが緑色と言っていた顔にまたなってしまい、ウッドリングはそれに気づいたのだろう。急いで話題を、私とは直接関係のないことに変えた。

「僕がここに来る直前だったんだろうな。犯人はきっと、どちらかの窓から外を見てたんだ。で、脇道を入ってきた車に気づいて、僕だとわかると、コレクションを見に来たんだろうと思った。それで、僕が犯行をすぐ見つけないように死体を煙突に隠した。いや、ひょっとしたら、最初からあそこに隠すつもりだったのかもしれないね。モルグ街を再現するために」

「でも、犯人はどうやって逃げたのかしら？」と、私は言った。「あなたが部屋に入ったときには、誰もいなかったんでしょ」

「僕が呼び鈴を鳴らす前か、レインさんが僕を家に入れようとしているあいだに、こっそりホールを横切って別の部屋に行ったんじゃないかな。で、レインさんが書斎の電話に出ているあいだに、正面玄関から出ていくことができた。わからないのは、レインさんに気づかれずに、最初どうやってこの家に入ったか、だな」

その答えはわかっていた。いや、わかっているつもりだっただけだが。

「レインさんが書斎でフィリップスさんに電話しているあいだに、うまいこと入ってきたんだわ。そのあいだだったら、さっきみんなで、カッツィーがどうやって出ていったのか考えたみたいに簡単に入ってこられたはずよ」

「そうだね。でも、ちょうどそのときレインさんが書斎にいるって、どうしてわかったんだろう？だって、犯人は外から来てるんだよ。家の中で何が起こってるかなんて、わからないんじゃないかな？」

またドアが開いて、今度はトリローニーとブーン巡査部長が入ってきた。

「巡査部長がレインさんから話を聞き終わったところだ」と、トリローニーが言った。「今度はウッドリング君の話を聞きたいそうだ」

「わかりました。どのくらいさかのぼって話せばいいですか？　巡査部長」

ブーンは鋭い直感で一番たっぷりと詰め物をしてある肘掛け椅子に直進し、どっかり身を沈めた。

「ふむ、それでは」と、巡査部長は言った。「そもそも、おたくは、なぜ華々しくここに登場なさったのかな」

「それでは、数時間ほどさかのぼってお話しします」と、ウッドリングは答えた。「けさ十時ごろジャド・フィリップスさんが電話してきて、緊急の用があるから会いたいとおっしゃったんです。用件には触れなかったので、電話じゃ言いにくいことなんだろうと思いました。それで、今日の三時に会う約束をしたんです」

「おたくとフィリップスさんは仲良しなの？」と、巡査部長が口を挟んだ。

「僕のほうから『友だち』と言うのは少々おこがましいと思います」ウッドリングは微かな笑みを浮かべた。「『知り合い』という程度です。ポオのコレクションを見に一、二回こちらにお邪魔しただけなので、それほど知っているわけではありません」

巡査部長はいま聞いたことを、ぶつぶつとくり返した。

「続けて」

「僕は寮の部屋で、三時十分くらいまでフィリップスさんを待っていました。そのとき、はっと気づいたんです。フィリップスさんは僕の部屋に来ると言っていたわけじゃなくて、会いたいと言っただけだった。よく考えてみれば、フィリップスさんが僕に来てほしかったにちがいない。それで、ここまで車を走らせてきたんです。

到着すると、フィリップスさんは一時間ほど前に僕に会うために町へ行ったとレインさんが教えてくれました。僕は、しまったと思いました。大学に戻れば、またすれ違いになるかもしれないから、このままここでフィリップスさんの帰りを待ったほうがよさそうだと考えました。そこでレインさんに事情を話して、待つあいだコレクションをまた見せてもらいたいとお願いしたんです」

ブーン巡査部長は話が後半になると、自分のノートを見はじめ、ここで話を中断させた。

「ちょっと待ってくださいよ」と、巡査部長は言った。「執事さんは、三時十五分ごろおたくの部屋に電話して、フィリップスと話したと言ってますがな。これは、どういうことですかな?」

ウッドリングはとても困った顔をした。

「考えられるとすれば、僕が部屋を出た直後にフィリップスさんがやってきたんでしょう。そして、部屋に鍵がかかっていなかったので、中に入って僕を待ったのではないでしょうか。それが一番現実的な説明のような気がします」

「出かけるとき、いつもドアに鍵をかけないんですかな?」

「ええ、かけません」

巡査部長はクライドの嘘を暴く気満々だったが、肩透かしを食った。

「いいでしょう」巡査部長はぶすっとした顔で言った。「それから?」

「えっと、どこまで話しましたっけ? ああ、それで、ここに着いたんです。コレクションを見たいとレインさんに言ったちょうどそのとき、書斎の電話が鳴ったんです。僕のことは気にせず電話に出てください、場所はわかっていますからと僕は言いました。以前にも何度か来ていて僕のことは知っているので、ではどうぞ、とレインさんは言ってくれました。

コレクションの部屋のほうにホールを歩きだすと、女の人もコレクションを見に来たとかなんとか後ろから言われたんですが、ドアを開けると部屋には誰もいないようでした。そのとき考えたとすれば、女性はレインさんに黙って帰ったか、そうでなければ、もっと前に来ていたという意味だったのだろうと思ったでしょうね。

そのあと、そのことは忘れていましたが、十分か十五分ほどしてパイパーさんとトリローニーさんが入ってきて、ここにいるはずだとでもいうようにミス・カッツのことを訊きはじめたんです。そのあとのことはトリローニーさんからお聞きになっているでしょう」

クライドが話し終えても、しばらく巡査部長は黙っていた。

「ミスター・トリローニーによれば」と、巡査部長は話しはじめた。「コレクションから手稿の一つがなくなってるのではないかと執事さんは思っているらしいですな。ちょうど、シュルツが殺された晩に大学の図書館から消えたのと似たようなやつがね。おたくが部屋に入ったとき、手稿のしまってあるケースのどれかが開いてたなんてことは気づきませんでしたかな？　ミスター・ウッドリング」

「気づきませんでした。手稿のケースなど意識にもありませんでした。本棚にある初期の本を見て時間を潰していましたから」

「私たちが入ったときは、ケースは全部閉まってました」訊かれてもいないのに、私は口を出した。「レインさんが引き出しを一つずつ開けて、なくなっているものはないか調べたんですから」

巡査部長は手の甲で顎をこすった。おかしいと思っているのだ。

「どうも解せませんぞ、ミスター・トリローニー。ミスター・ウッドリングと執事さんによれば、犯行時刻はこのミス・カッツがここに到着した三時と、ミスター・ウッドリングがここに到着した三時四十五分か五十分のあいだだ。だが、執事さんが、本人の言うようにずっとホールにいたとすれば犯人はいったいどうやって侵入して、どうやって逃走したんでしょうかな?」

「巡査部長とトリローニーさんがここに入ってきたとき、ちょうどそのことをパイパーさんと話していたんですが」と、クライドが言った。「一つの可能性にたどり着いたんです。話してもよければ……」

「そりゃ、ぜひとも」巡査部長は目を輝かせた。「聞かせてもらいましょう」

クライドは話を終えた。

ブーン巡査部長はまた顎をこすり、「なるほど、ありえますな」と、唸るように言った。「ただ一つ問題がある。実にグッドタイミングで電話がかかってきて犯人が逃げたって点です。そりゃ、あまりにぐう……ぐうぜ……いや、ちょっと運が良すぎませんかな」

「たしかに、そのとおりだと思います」トリローニーは考え込んでいるようだった。「ちょうどレインさんがフィリップス氏に電話しているとき犯人が運良くここに着いたということはあるとしても、出ていきたいと思ったときも同じような運を当てにはできないはずです。そうなると、二本目の電話は意図的に仕組まれたとお考えですか?」

「そうとしか考えられませんな。ここに来てやるべきことは決まっていたので、どのくらい時間がかかるか犯人は計算していた。そこで、別の人物に頼んで、その人物が事件のすべてに関わっているのかどうかはわからんが、ことを終えたあと逃げられるよう執事さんを電話のところに足止めしようとした」

「なかなかの推理ですね、巡査部長」と、トリローニーは言った。「執事をここに呼んで、電話のことを訊いてみましょう」

トリローニーはドアまで行くと、執事の名を呼んだ。

「あと少しだけ細かいことを伺いたいんです、レインさん」執事が来ると、トリローニーは言った。「ウッドリング君が着いてすぐにかかってきた電話ですが、その人物は名前や用件を残していますか？」

「はい」執事はすかさず答えた。「大学のルアク教授でした」

電話をかけてきたのはヒトラーか、はたまたムッソリーニだったと言われる以上に、誰もが驚いたにちがいない。

このショックから最初に立ち直ったのはブーン巡査部長だった。彼はクライドと私のほうを見た。

「あの女性が今日の午後ここに来ることをルアク教授に教えた人物がいるかどうか、お二人のうちどちらか、ご存知ではないですかな？」

私は頰が熱くなっていくのを感じた。それが顔に出る前に自分から言わなければ。

「はい、言ったのは、わたしです。二時ちょっとすぎに、ウッドランド街でたまたまルアク教授に会ったんです」

「二時ごろですな？」巡査部長は、ごちそうが近づいてくるのを見つけた食い意地の張った太ったパグのような顔をした。「そして、電車だとここまで来るのは三十分ほどだ。それとも、教授さんは運転なさるのかな？」

「ちょっと待ってください、巡査部長」と、トリローニーは言った。「ルアク教授が犯人だと言いたいなら、レインさんがいま言ったでしょう。電話してきたのはルアク教授なんですよ。この家の中で犯行に及ぶと同時に、自分が逃げられるように外から細工できるはずがないでしょう」

巡査部長は一分ほど考えていたが、わずか一分だった。

「まだ納得してませんぞ」巡査部長は唸るように言うと、くるりと執事のほうに向いた。「ミスター・フィリップスと話して、カッツという女性にコレクションを見せていいと言われたあと、ホールに戻ってミスター・ウッドリングが来るまでずっとそこにいたんでしょうかな？」

執事は慌てたようだった。

「そ、そうだと言って構わないと思います」執事は口ごもった。

「おや！　すると、再度そこを離れたと？」

「はい、けれどもわずか一分ほどです。今晩の夕食のことで料理人に指示を与えていなかったのを思い出しまして、その用を済ませに行きました」

ブーン巡査部長はトリローニーのほうに向き直った。

「犯人が出ていった時間について、われわれは皆、まちがっていたようですな。犯人はチャンスを窺っていて、レインさんが料理人と話しに奥へ行っているあいだにこっそり抜け出したにちがいない。その少しあとにかかってきた電話のときに逃げたわけじゃない。電話したのは犯人自身で、大学にいるふりをしてアリバイをでっち上げたんでしょう。実際はここから一ブロックくらいしか離れていない場所にいたにちがいないですぞ」

「誰が何のアリバイのために電話しただって？」不意に、高圧的な声が背後から聞こえてきた。

全員がいっせいに振り返ると、入り口にジャド・フィリップスが立っていた。

第四章　深く考えすぎということがある

「いったい、ここで何が起こっているのか、どなたか説明していただけますか」語気を荒らげて言いながら、フィリップスが部屋に入ってきた。怒りを露わにしている。自分の家に戻ると、人が集まって、聞かされていないことをあれこれやっていたのだから当然だ。

　いったい何が起こっているのか、ずばり答えたのはブーン巡査部長だった。

「大学での殺人事件はお忘れでないでしょうな、ミスター・フィリップス。またもや殺人事件が起こりましてね、今度はこの、おたくさんのお屋敷で」

「なんだって！」フィリップスはそう言ったきり、口をあんぐり開けたままだった。そして、放心状態で近くの椅子までたどり着くと腰を下ろした。

「いま……いまおっしゃったのは……殺人ですか？」巡査部長を睨みつけたままフィリップスはどうにか声を出した。

　今度はトリローニーが、事件の経緯を手短に説明した。

「わけがわからん！」説明を聞き終えても、フィリップスは納得しなかった。「その女性は、なぜ私の家で殺されなきゃならないんです？　知り合いでもないのに」

「あなたのポオ・コレクションから紛失しているものが一点あるようだとあなたの執事がおっしゃっ

ているんですが」と、トリローニーが言った。「今回の殺人事件は、何かしらそのことと関連しているのかもしれません」

コレクションと聞くや、フィリップスは弾丸のように椅子から飛び出し、ホールを突き抜けた。残された私たちは、そこまでのスピードではなかったものの、あとを追った。

例の部屋に戻ると、私は意識的に暖炉から目を逸らし、無理矢理フィリップスのほうを見た。フィリップスは手稿の収められているキャビネットに直進すると、狂ったように引き出しを次々と開けはじめた。あるだろうか――というより、ないかもしれない――と、怯えているようだった。一点紛失している気がするとレインが言っていた引き出しまでくると、ためらうような動きを見せた。それが手稿の収められている最後の引き出しだったので、盗まれているとすればここだと思ったからだろうか。フィリップスは引き出しをぐいと引っぱり、明らかに震える手で金属カバーを持ち上げた。そして、安堵のため息をついた。

「いいえ」引き出しを閉めながらフィリップスは言った。「紛失しているものはありません」

「たしかでしょうか？　ミスター・フィリップス」トリローニーは観察するように彼を見た。

「たしかかだって？」フィリップスは不愉快そうにトリローニーを睨んだ。「もちろん、たしかですよ！　このコレクションのことは、鏡に映った自分の顔くらいよく知っているんだ！」

こざっぱりして髪や髭がやり過ぎなくらい整えられている容貌を見るに、自分の顔を知り尽くしているのはまちがいなかった。

執事が軽く乾いた咳をした。話しかけられるのを待たずに話したいとき、たいていの執事はこういう咳をするようだ。

「申し訳ありません、旦那さま」と、執事は言った。「最後に開けられた引き出しには、昨日はもう一点——詩がもう一点——入っていたように記憶しております」

執事の勇気ある発言に、フィリップスは冷たく鋭い視線で応えた。

「詩の手稿など持っていないし、持ったこともない」厳しい口調だったが、それは執事に、というより私たちに言おうとしている気がした。「そんなことは知っているだろう、レイン。知らないなら、知っておくべきだ」

「もちろん、わたくしの勘違いでございました」執事は謙虚にそう言ったが、絶対に勘違いではないという顔をしていた。

そのとき不意に、なぜフィリップスが最後の引き出しを開けるのをためらったのか、なぜカバーを持ち上げる手がどうしようもなく震えていたのか、その理由がひらめいた。何かがなくなっているのを恐れていたのではない。何かがあるのを恐れていたのだ。そして、その何かこそ、本物の『ユーラルーム』の手稿にちがいない！

トリローニーもそのことに気づいているだろうかと思い、彼に目を遣った。だが、気づいていないらしく、違う話をはじめた。

「ミスター・フィリップス、犯行時刻と、犯人のこの家への侵入時刻および経路をできるだけ正確に特定するために、われわれは時間の流れを追っているところだったんです。あなたはそれらの時刻に外出中だったわけですが、一点だけ、より正確な時刻の特定に力を貸していただける部分があるのです」

「ほう？」フィリップスは興味を示した。「何でしょうか？」

「二時間ほど前、レインさんがあなたにかけた電話のことです」と、トリローニーは言った。「レインさんは三時十五分前後だったと言っているのですが、正確な時間を覚えていらっしゃりはしないかと……」

「レインが私にかけた電話？」フィリップスが話を遮って言った。まったくもって意味がわからないという表情だった。「今日の午後は、レインからも誰からも電話など受けていませんが」

「電話を受けてない？」トリローニーは疑うような目をした。このときばかりは、全員が同じような目をしていたと思う。「今日の午後、大学寮の部屋にウッドリング君を訪ねたのではないのですか？」

「いかにも。しかし、そこにいるあいだに電話など受けていません。まあ、ウッドリング君にも会ってませんがね」フィリップスは、「あとで覚えてろよ」とでも言うような悪意のある眼差しをクライドに向けた。

トリローニーは眉をひそめた。

「ここには何か行き違いがあるようですね」と言って、トリローニーは執事のほうを向いた。「レインさん、ミスター・フィリップスとは直接話したんでしょうか？　それとも第三者に伝言を残したんでしょうか？」

「直接お話ししたという印象を、わたくしは受けております」執事は慎重に言葉を選んで答えた。雇われの身であることを考えると、フィリップスとあからさまに逆のことは言えないのだ。

「そのときの会話を、忠実に再現していただけませんか」と、トリローニーは言った。

「旦那さまが残していかれた番号に電話をしました」執事は言われたとおり、話しはじめた。「そして、ミスター・ウッドリングの部屋につないでもらいました。電話口で声がしたので、わたくしは自分の名を告げ、ミスター・フィリップスとお話しできますかと尋ねました。すると、その声が『フィリップスだが』とおっしゃったのです。しかも、旦那さまにそっくりな、お声でした」執事は訴えるような目で自分の主人を見た。

「いいから」と、フィリップスは言い放った。「トリローニー氏の知りたいことを話してあげなさい」

「承知いたしました」と言って、執事はまたトリローニーのほうを向いた。「そこで、わたくしは、『旦那さま、少し前に女性が一人、コレクションを見にいらっしゃいました。ルアク教授の学生さんだということで、学生証も確認いたしました。ですが、先週の金曜日の大学での盗難事件を考えると、この女性をお通ししてよかったものかと思いまして』とお話ししました。すると旦那さまは――いや、旦那さまを名乗っていた人物ですが……」と、執事は慌てて訂正した。「『その女性はもう部屋に入ったのか?』とお尋ねになったので、『はい、さようで。コレクションに万が一のことがないよう、女性がいるあいだはわたくしも部屋に入って女性のお世話をいたしましょうか?』と言いました。けれども、その声は、『いや、部屋には入るな。心配はない』とおっしゃって電話をお切りになったのです。以上です」

トリローニーは執事に礼を言うと、「そして、あなたはこのことについてまったく身に覚えがないのですね、ミスター・フィリップス」と、言った。

「みじんもない」フィリップスは厳しい口調だった。

「ウッドリング君は三時十分に部屋を出てここに来たと言っている」トリローニーは、頭の中で考えていることを口に出しているようだった。「そしてレインさんは、三時十五分ごろに電話を入れたと言っている。あなたが大学に到着したのは何時でしょう?」

「見当がつかないですね」金持ちフィリップスはぶっきらぼうに答えた。「時計を見る習慣がないものので」

「それでは」トリローニーは極めて穏やかな口調で言った。この口調は、これからフィリップスに災難が降りかかる前兆だ。「今日の午後、ここを出てからの行動を順を追ってお話しいただけませんか？　何かわかるかもしれません」

なぜそんなことをしなければならないのかまったく納得できん、という顔をしたものの、フィリップスは従った。

「二時半ごろ、車でここを出ました。ウッドリング君との約束の三時までに大学に着くには、それくらいがいいだろうと思いましたから。ですが、途中で交通事故があり遅れたんです」

「あなたが事故に遭ったのですか？」

「いや、二、三台前の車が事故を起こしたんです」

「では、目撃者として止められたんでしょうか？」

「いや、違う！」フィリップスはいらいらしはじめていた。「私は事故とは関係ない。そのせいで遅れただけだ」

「申し訳ありません」遅れた理由の証拠は示せないとフィリップスが言ったも同然なことには触れず、トリローニーは詫びた。「どうぞ、続けてください」

「大学の男子寮に着いたので、一階の電話交換手にウッドリング君の部屋番号を訊き、呼び出してもらわず直接階段を上った。だが、ドアをノックしても返事がない。そこでノブを回してみると、鍵がかかっていなかったので、何かの用事で少しのあいだだけ外に出たのだろうと思った。そこで部屋に入って待つことにしたんです」

「普段から、いない人の部屋に入るんですかな？　ミスター・フィリップス」と、ブーン巡査部長が口を挟んだ。

フィリップスはブーンをぎろりと睨んだ。自分より地位の低い男を黙らせようとする目だった。

「もちろん、そんなことはしない」フィリップスは鋭く言い返した。「だが、このときは、構わないだろうと思った。私が来るのをウッドリング君はわかっていると思っていたのだから。彼だって、どこかから戻ってくるまで私を廊下で待たせておきたくはないはずです」

「もちろん、おっしゃるとおりです」トリローニーは如才なく答えた。「それで、どのくらい彼を待ったんでしょうか？」

「それはわかりませんが、部屋を出た時間はわかります」フィリップスは勝ち誇ったように答えた。「ウッドリング君の机の時計で、きっかり四時だった」

「どのくらいの時間、待っていたように感じましたかな？」ブーン巡査部長が引っかけるような質問をした。

「まるまる一時間か……」と言いかけ、フィリップスははっと口をつぐみ、「何を言わせたいんだ！　そんなことがわかるもんか」と、声を荒らげた。「待っている時間というのは長く感じるものだろう」

それを聞いてトリローニーは目を細めたが、何かをもくろんでいる様子はおくびにも出さずに言った。

「ウッドリング君と会う約束をしたということでしたが、差し支えなければ、約束の内容を教えてもらえないでしょうか？」

「断じてお教えできません」敵意のある口調だった。「ウッドリング君と私だけの問題ですから」

「申し訳ないですが、それは違うでしょうね」トリローニーはいかにも申し訳なさそうに言った。「先ほどウッドリング君は、あなたが会いたがっている理由はまったくわからないと言っていましたよ」

「いいでしょう。では、私だけの問題ということで」

するとトリローニーの態度が急変したので、私ですらびっくりしてしまった。あんなふうに穏やかなときは、遅かれ早かれこうなるのはわかっていたのだが。

「ミスター・フィリップス」大きな鋭い声だった。「殺される直前のアーチー・シュルツが電話であなたと話そうとしていたと聞いて、あなたはシュルツを知らないし、自分と話そうとした理由も見当がつかないと言った。そして、いま、ミス・カッツがあなたの家で殺され、カッツのことも知らないし、ここで殺される理由も見当がつかないと言う。信じろというにはずいぶん無理がありませんか？」

フィリップスは身をこわばらせた。

「単刀直入に結論を言っていただけませんか？」フィリップスは食ってかかった。

「つまり」トリローニーも勢いよく言い返した。「シュルツが殺されると同時に、あなたが大学より五千ドル高い値をつけてもよかったと言ったポオの貴重な手稿が大学の図書館から消えた。そして今日の午後、ミス・カッツはあなたのポオ・コレクションを見たあとに殺された」

フィリップスは威厳を誇示するように背筋をピンと伸ばした。自分を過大評価している小心者だけが取れる態度だ。

「おい、君」フィリップスは高慢な口調で言った。「君は、手稿の盗難、もしくは連続殺人に私が関与していると言いたいのかな？　君は私が誰なのか忘れておられるようだ」

トリローニーはトイ・フォックステリアを見下ろすアイリッシュ・セッターのようにフィリップスを見て、言った。

「第一に、『おい、君』と呼ばれる筋合いは私にはないし、あるとしたら、いまのようなことは言わなかったかもしれませんね。第二に、あなたの名前も地位も忘れてはいませんよ。忘れていないから、言っているんです」

トリローニーは一瞬言葉を切ったが、すぐに、陪審員の前で事件の要点を述べる検察官の顔になって話を続けた。

「アーチー・シュルツはあなたが手稿を欲しがっていることを知っていた。同時に、彫版師だった彼は、普通では見破られないような複製を自分なら作れることもわかっていた。彼はあなたのもとを訪れ、図書館の展示ケースから手稿を盗んで自分の作った偽物とすり替えたら、いくら払ってくれるかと言ってきた。あなたは条件を受け入れ、シュルツは計画を実行した。

そして、先週の金曜日、図書館の手稿を調べるつもりだとオストランダー教授から聞かされ、しかも、手伝ってほしいと頼まれた。悪事がばれてしまうかもしれないと動揺したあなたは、シュルツに連絡し、偽物をこっそり持ち出すよう指示した。そうすれば、大学当局は盗難の捜査に気を取られて、手稿が本物だったかどうかという問題はそのうち忘れてしまうだろうと思ったからだ。

ところが、シュルツが図書館まで来てみると、何らかの理由であなたの指示どおりのことができなかった。シュルツはあなたの家に電話するが、あなたはもういなかった。そこで、あなたとオストランダー教授との待ち合わせ場所に電話し、今度はあなたと話すことができた。

あなたが急いで図書館に行くと、シュルツが非常口の扉を開けたので書庫の中に入った。そこで、おそらく、シュルツが指示どおりにしなかったことを巡って口論になったのだろう。そしてカッとなり……」

「でたらめを言うな！」フィリップスは声を張りあげた。堂々とふるまってはいたが、顔は怯えて土気色だった。「私は誰も殺してなどいない！　私は……」

「あの夜、図書館で、帰っていいと警察から言われたあと」フィリップスが一言も発していないかのように、トリローニーは続けた。「あなたは家に帰らず、ウィンストン・ホールに再び行った。あなたはシュルツを殺した直後、ウィンストン・ホールに戻って、『ユーラルーム』の手稿を調べるためにそこからオストランダー教授と一緒にまたもや図書館に行っていた。では、なぜ夜にウィンストン・ホールに再度行ったのか。なぜなら、二本目にシュルツがかけた電話の番号をヘレン・ブラックが思い出す前に彼女をつかまえて亡き者にする方法を画策しなければならないと思ったのだ。ミス・ブラックが番号を思い出しておおやけにすれば、今度は、シュルツが電話したというちょうどその時間にウィンストン・ホールにかかってきた電話であなたが呼び出されてどこかへ行ってしまったことをオストランダー教授が思い出すだろう。そうなれば、あなたと最初の殺人が少なくとも一か所でつながってしまう。ところが、あなたがウィンストン・ホールにいると、番号を思い出したミス・ブラックが電話をかけてきたではないか。これこそまさに、天から降った幸運だった。あなたは彼女と落ち合う約束をして、彼女を殺した」

「殺してなどいない！」フィリップスの声は絶叫に近かった。汗の玉が額に浮き出しはじめ、体はがたがたと震え、立っているのもままならなかった。「ウィンストン・ホールでオストランダー教授と会った。たしかにそうだ。だが、そのあと私は彼と一瞬たりとも離れていない。あとからウィンストン・ホールに戻ってもいない。まっすぐ家に帰っている」

「レインさんに玄関を開けてもらったのですか？」

「いや、自分で鍵を開けて入った」

「でしょうね」トリローニーは冷淡に言い放った。「そして、今日の午後、女性がポオのコレクションを見に来ているとレインさんが電話してきたとき、最初にあなたが尋ねたのは『その女性はもう部屋に入ったのか？』だった。そうだとレインさんが答えたので、コレクションのなかに本物の『ユーラルーム』があるのを彼女が見つけるのはもう避けられないと思ったあなたは、ここに戻ってきて、口封じのために彼女を殺した」

いまやフィリップスは否定さえできず、目をむいて、ぜいぜいと息を切らすだけだった。

ここで話に入ってきたのは、意外にもクライド・ウッドリングだった。

「口は出したくないんですが、トリローニーさん」クライドはためらいがちに言った。「その推理には矛盾があると思います。少なくとも最後の部分に。フィリップスさんが僕の部屋を出たのは四時です。ミス・カッツが殺されたのは、僕がここに着いた三時四十五分より前です。死亡時刻にここにいなかったんですから、彼に殺せるはずがありません」

「四時まで君の部屋にいたというのは、あくまでもフィリップス本人の言ったことだよ」と、トリローニーは指摘した。「どのくらい君を待っていたのかとブーン巡査部長が訊いたとき、フィリップスは一時間ほどと言いかけ、それから、口をつぐんだ。一時間いたなら、レインさんが電話してきたときもいたことになると気づいたからだ。つまり、レインさんからの電話は受けていないと言ったのは嘘だったということになる」

クライドは納得できないような顔をした。「でも、そうだとしても、四時よりずっと前に出たはずはないでしょう。僕が出たのが三時十分とか――早くても三時五分だったんですから」

「君が出た直後に着いたんじゃないかな。そして、少なくとも三十五分あれば、ここへ戻ってきて殺すことまでできたはずだ。急いで車を走らせれば不可能じゃない」

ブーン巡査部長が横から余計な口を出した。

「ですが、執事さんが電話したときは三時十五分にはなっていたということですぞ。だとすれば、三十分も残ってない。それに、コレクションのなかに手稿があるのを見つけた口封じにあの女性を殺したのなら、手稿はどこにあるんですかな？　ここにはありませんぞ」

「当然です。彼女を殺したあと、フィリップスがどこかに持っていったにちがいない」

巡査部長は首を横に振った。

「『ちがいない』では、持っていった証拠になりませんな。悪いが、ミスター・トリローニー、今回は見当違いのようです」

トリローニーは苛立ちはじめた。

「ブーンさん、私はフィリップスに対する強力な状況証拠を並べ上げているだけです。あなたにしても彼にしても、物的証拠を挙げて反証することはできないでしょう。さあ、彼を逮捕なさるんですか、なさらないんですか？」

「逮捕なさらん」トリローニーが半ば命令していることも、自分のめちゃくちゃな言葉遣いもお構いになしに、巡査部長は言った。「状況証拠に頼りすぎるなと、いつもあたしにおっしゃってるのはあなたですよ。しかも、いま、状況証拠しかないことは、あなた自身も認めている。検事ならこれを裁判には持ち込みませんでしょう、ミスター・トリローニー。絶対に」

「当然だ！」フィリップスが横から口出しした。いまや潮目が有利に変わりはじめ、とたんに勇気を取り戻すと、恩着せがましくトリローニーに言った。

「ねえ、君。君は自ら目撃したような気になって、自分の仕事を全うしようとしただけなんだね。だから、私は君に悪意を持ったりしない。ただ、危うくしでかしそうになったこの失敗が、今後、君のいい教訓になってくれることを願うばかりだ」

フィリップスのことは無視して、トリローニーは最後にブーン巡査部長にこう告げた。

「この事件の担当はあなたです、巡査部長。この事件を好きなように扱う権限がある」トリローニーは声を低くした。「ですが、さらなる殺人事件が立ちはだかったとき、私がそれを回避する努力を怠ったなどとは言わないでくださいよ。さあ、ピーター、行くよ」

トリローニーは私の腕をつかむと、文字どおり、屋敷から引きずり出した。

四冊目　メッツェンガーシュタイン

第一章　取るに足らない周囲の様子まで詳細に……

大学へ戻る車中、私はさっぱり意味のわからないゲール語（ケルト語派の言語）を聞いている気分だった。耳に入ってくるトリローニーの声は、まるでゲール語で一般教養課程の講義をしているみたいなトーンだった。やがて、彼はまた、英語をしゃべりはじめた。

「まったく、ブーン巡査部長のことは、いくら責めても責め足りないよ。僕は状況証拠だけでフィリップスに容疑をかけたんじゃない。それなりの理屈に基づいてたんだ。なのにブーンときたら僕の狙いをわかっちゃくれなかった」

「あなたの狙い？」今回のやり方には、私自身も戸惑っていた。殺人容疑を固めるとき、トリローニーが状況証拠だけに頼らないことは私も知っていたからだ。

「事件全体についてフィリップスがどのくらい知っているのか把握するために、奴を逮捕してほしかったんだよ。隅っこに追い詰められたとわかれば、臆病な子ウサギになる男だ。そして、その隅っこに電気椅子があると思えば、誰かを苦境に陥れることになろうが一部始終を打ち明けるはずだ。まちがいない」

「じゃあ、彼に罪を着せて、罠にはめただけなのね？」

「そうとも言えるかもしれない。ブーンの言ったとおり、奴を殺人容疑で裁判にかけるのは無理だったろう。それはそれとしても、奴と消えた手稿との関係は君の推理が正しいと思う。時間をかければ証拠がつかめただろうが、あそこで近道しようと思ったんだ。ところが、ブーン巡査部長のせいで、おそらく何もかも台無しになったし、それどころか、厄介な方向へ進むことにもなった」

「どんなふうに？　フィリップスに不利な証拠をもっと見つければいいじゃない。あればだけど」

「おそらく見つかる。運が良けりゃね」トリローニーは弱気だった。「けど、ピーター、考えてみてくれよ。奴を疑っていることを明言したいまとなっては、もし奴が犯人なら守りを固めるだろうし、もし犯人じゃないなら……」


ここまで言いかけると、トリローニーは話題を変えた。

「それほど重要じゃないかもしれないんだが、はっきりさせておきたいことがもう一つあるんだ。今日の午後、ルアク教授がフィリップスの家にかけた電話だけど、結果的には、ものすごく意味のありそうなタイミングでかけていた。事件とは関係のない、たわいない内容じゃないかとは思うんだけど、ブーンがルアク教授の容疑を固めにかかった場合、チャンスとばかりにこのことを持ち出してくるかもしれないから、その前に電話の内容を確かめておいたほうがいいんじゃないかと思うんだ」


トリローニーは車をフランクリン・ホールまで走らせると、私を車内に待たせ、ルアク教授がいるか確かめにホールへ入っていった。そして、しばらくすると、教授とともに出てきた。

「邪魔が入らないように、車の中で話したほうがいいと思いまして」と、トリローニーは言った。邪魔を入れるとすれば、もちろんブーン巡査部長だ。「ピーター、事件のことをルアク教授に説明するあいだ、運転を代わってくれるかい？」


私は運転席へ滑り込み、トリローニーが後部座席の教授の隣に乗り込むと車を発進させた。

ミス・カッツが死んだと聞かされ、ルアク教授は愕然とした。このときまで知らなかったのだが、教授にとってトリローニーは郡検察局の特別捜査官でなく、自分の教え子の一人だったのだ。「ということは、エドワード君、クラスの七人の学生うち三人が非業の死を遂げたということだね。事件にポオの小説の題材が使われていると指摘した新聞を、昨夜読んだかね？　そして今回の事件は……」

「ええ、わかっています。『モルグ街の殺人』です。お訊きしたかったことの一つは、それについてなんです、ルアク先生。こんなふうにポオの小説と似ているのは意図的か、単なる偶然か、どう思われますか？」

ルアク教授はすぐには答えなかったが、しばらくして重い口を開いた。「認めたくはないが、意図的でないかと思う。最後の殺人については、ほぼ疑いの余地がないのでは」

トリローニーは、最初の言葉を聞き逃さなかった。

「なぜ、そう認めたくないんですか？　これといった理由があるんですか？」

くっくという、ルアク教授独特の短い笑い声が聞こえた。

「君は昔も、いろいろなことに疑問を持っていたね、エドワード君。まったく変わっていない。そのとおり、明らかな理由がある。意図的だと認めれば、どういう結果が引き出されるか。こんな凝った細工をする人物として真っ先に疑われるのは私のクラスの学生……もしくは、私ということになる」

もくろみどおりに、話の突破口を開くことができた。

「残念ながら、おっしゃるとおりです、ルアク先生。従来の流れでいけば、先生にもクラスの学生たちにも、ある程度の容疑がかかるでしょう。そして、たとえ間接的であってもこれらの殺人と関連しそうな行動は、先生のものであれ学生のものであれ、すべて捜査対象になるでしょう。そういうわけで、正直に言います。先生をここに連れ出したのは、立ち入った、無礼に当たるかもしれない質問をするためなんです」

怒鳴り声が轟くにちがいないと、私は思わず首をすくめた。ルアク教授は、立ち入った質問も無礼な質問も絶対禁止の一人だった。ところが、まわりは静かなままだった。

「よかろう、エドワード君」その声には怒りも、それ以外のどんな感情も表れていなかった。「質問したまえ」

トリローニーは深呼吸して——見たわけではないが、そうしたようなことをしたはずだ——から、質問を始めた。

「今日の午後三時四十五分ごろ、ジャド・フィリップスと電話で話そうとしたのはなぜでしょうか？」

「ああ、そのことかね！」ルアク教授は、安堵したように笑った。「一瞬、君を疑ったよ。『ユーラルーム』に関して私に不利な告白をさせようと罠を仕掛けてくるのではないかとね。今日の午後、フィリップスと話したかった理由なら説明しよう。事件と無関係とは言えんだろう。少なくとも、手稿の紛失事件とはね。手稿を盗んだのは、大学より五千ドル多く払ってもよかったとフィリップスが言ったのを偶然聞いた人物で、いまにその人物が彼に手稿を売りつけに行くのではないかと、ふと思いついたのだよ。万一そういうことがあったら、その人物を然るべき機関に突き出すためにフィリップスに協力してもらわなければならないと思ってね」

ルアク教授がそう言ったのを聞いて、私は疑問が湧いた。例によって、その疑問を胸にしまっておくことができなかった。

「ということは、誰からも疑われなければジャド・フィリップスはその話に乗るだろうと考えていらっしゃるんですね？　ルアク教授」と、私は言った。

バックミラーに映った教授のはっとした表情を見て、読みは正しかったと私は思った。

「君はエドワード・トリローニーと一緒にいたせいで、そんなに洞察力を磨いたのかね？　ミス・パイパー」皮肉っぽい口調で教授は言った。「それとも、生まれつきの才能かね？」それから、トリローニーのほうを向き、「ミス・パイパーの言ったことは正しいと白状したほうがよさそうだ。そんな話が持ちかけられ表沙汰にならないと確信したなら、フィリップスは話に乗ってしまいかねないと思ったのだよ。だから、そういう話があるかもしれないことを警告しておこうと思った」と、言った。

「わかりました」トリローニーは考え込んでいるようだった。

そもそもフィリップスが手稿泥棒を仕組んだ可能性があることをトリローニーはルアク教授に言うだろうかと思っていたが、何も言わず、彼は次に私に話しかけた。

「車を脇に寄せて停めてくれ、ピーター。ルアク教授に見せたいものがあるんだ」

私は指示どおりにすると、何だろうと思って振り返った。

トリローニーはすぐ横のドアポケットを開けると、宛名が書かれ封緘されたマニラ紙の大きな封筒を取り出した。

「意見を請うために、郵便で他所《よそ》へ送る予定だったんですが」と、トリローニーは封を開けながら言った。「先生に意見を請うことにします」

トリローニーは、何かを挟んでいるように半分に折られた段ボール紙を封筒から取り出し、ルアク教授に手渡した。教授はそれを受け取ると、上半分を開いた。そして、その下にあるものを見るや、ただ興味深そうだった顔が、まさかという驚愕の表情に変わった。

「何ということだ！　『ユーラルーム』ではないか！」

「本物でしょうか？」トリローニーは教授から目を離さずに尋ねた。

「本物かだって？」ルアク教授は憤然とし、「もちろん……」と言ってから、疑うように紙の質を指で確かめはじめた。次に、それをつまんで持ち上げ、光にかざした。

「いや」最後に、こう言った。「違う。手の込んだ偽物だ。だが、これは、ウッドリング君から買うよう私が大学に働きかけた手稿ではない」

「まちがいないですね？」

「まちがいない」ルアク教授の答えに迷いはなかった。「ただし、残念ながら、その証明はできない。本物を精査したのは私だけだから。明らかにこれは、その複製だ」

「先生が第三者を呼んでご自身の意見の裏づけを取らなかったのは、いまとなっては残念です。たとえば、ジャド・フィリップスとか」

ルアク教授の頬が、しだいに赤黒くなってきた。

「正直に話したほうがよさそうだ」と、教授は言った。「すでに察しているかもしれないが。私は故意にフィリップスに相談しなかったのだ。もし相談すれば、大学の理事が払うつもりだった額より高い値をつけるだろうと危惧したからだよ。ウッドリング君には申し訳ないと思ったが、私は……そう、私は、あれを大学に持っていてもらいたかったのだ」

ルアク教授という人間をよく知っていたので、トリローニーも私も納得した。だが、もしウッドリングが知ったら同じように納得するかどうかは、疑問に思わざるをえなかった。

今度はルアク教授が質問した。

「これをどこで手に入れたのかね？　エドワード君」

「それをお話ししてしまうと、ある信頼関係を壊すことにもなると思うんですが」と、トリローニーは言った。「秘密にすると約束したわけではないし、先生も知っておくべきかもしれません」

あの夜、ジェイミーが犯した過ちをトリローニーは話した。

「衝動的で浅はかな、なんという愚かな青年だ！」ルアク教授は唸るように言ったが、顔にはうれしさが表れていた。

「証明はできないかもしれませんが、まちがいなくシュルツが」と、そのあとの少々ぎこちない沈黙を埋めるようにトリローニーは続けた。「この複製を作り、本物とすり替えたのでしょう。そしておそらく、すり替えたことがわかるのを恐れ、金曜の夜、図書館に行ってこの偽物をこっそり持ち去るつもりだったが、すでに持ち去られていた」

ルアク教授は、なるほどというようにうなずいた。

「しかし、だとすれば、本物はどうなったのかね？」

「おそらく、殺人犯が持っているのでしょう」

「テッド、殺人犯がそれを破り捨てちゃうなんてことはない？」と私は言い、ルアク教授の顔を見ると、そんなことになったら三人殺されたのを合わせたよりも悲劇だという目をした。

「いや、それはないだろう」と、トリローニーは言った。「この事件の犯人は、ただの犯罪者じゃない。教養のある、おそらく普通よりずっと教養の高い人間だ。唯一無二だと犯人も承知している文学界の貴重な宝を破り捨てることは本能的にやらないはずだ」

「でも、ずっと持っておくのは犯人にとって危険じゃない？」私は食い下がった。

「自分の手元や、自分に直接関わる場所に置いておくのは危険だ。おそらく犯人は……」

ここでトリローニーは口をつぐみ、ぼんやり宙を見つめた。

「何だね、エドワード君。犯人が手稿をどうしたのか予想がついたのかね？」

「どうしたのかではありません。もし犯人がポオのクラスの学生ならどうするか予想がついたんです。まったくの見当違いでなければ、二、三日うちに手稿の隠し場所まで直接歩いていけると思います。ですが、それまでは手稿を捜さないほうがいいでしょう。捜そうとすれば、犯人は追い込まれて、不利な証拠を隠滅するために手稿を破り捨てかねません」

トリローニーはそれ以上言わなかった。ルアク教授も私も、ここは何も訊かないほうがいいのをわかっていた。

私たち三人はそのあと少しだけ事件についての当たり障りのない話をして、それからルアク教授に頼まれて大学に戻ってきた。

「この恐怖の時間が終わってくれることを心から願っているよ」車から降りながら教授は言った。

「だが、どうしても考えてしまうんだ……」

「何をですか？」トリローニーはその先を促した。

「万一、さらなる殺人があるとしたら、次はどんな恐ろしい方法が用いられるのか、とね。登場人物を死に至らしめるときポオが好んで用いる二つ方法のことが、頭から離れないのだよ。埋葬すること――死んでいようが生きていようが――と、焼き殺すことだ」

第二章　ところが、もっと些細な原因から……これに匹敵する忌忌しき事態が起こったのである

寮に戻ると七時を過ぎていた。大きな古めかしい玄関を入っていくと、ジェイミーが出ていくところに出くわした。ジニー・パットと部屋で会っていたのはまちがいない。ジェイミーは私を見ると、にやりとした。

「やあ、ピーター。今日の午後は、フィリップスのポオ・コレクションを楽しんだかい？」

私はその場で足をぴたりと止めた。「私がそこに行ってたって、誰が言ったの？」問い詰めるように私は訊いた。

「ジニー・パットだよ」ジェイミーは、まだにやにやしていた。「彼女が言ったのさ。でも、怒ってないよね？　カッツィーと一緒に出かけて、にせ『ユーラルーム』をフィリップスが持ってないかどうか確かめられたんじゃない？　で、どうだった？」

「ええ、そうね。持っていなかったわ」私は手短に答えると、次の質問が飛んでくる前に受付ホールのドアまでの残り六段をいっきに上った。

部屋までの階段を駆け上がるあいだ、みぞおちのあたりがむかむかした。ということは、今日の午後のカッツィーの行き先を、ジェイミーも知っていたのだ！　偽造された手稿がフィリップスのところにあるのが見つかろうが見つかるまいがジェイミーにはどうでもいいはずなので、知っていたとし

ても問題はないだろうが、ブーン巡査部長がこのことを嗅ぎつけたとしたら！　そしてもし……。

部屋のドアを勢いよく開けると、ジニー・パットが顔に白粉をはたいていた。こちらを向いて何か言おうとしたようだったが、私のほうが先に口を開いた。

「パット、今日の午後、何時にジェイミーと出かけたの？」

「昼食のあとすぐよ。車で……」と言いかけてやめた。何かまずいことがあったのだと、私の表情から察したのだ。「ピーター、何があったの？　どうして、そんなこと訊くの？」

どちらの質問も聞き流し、「車でどこに行ったの？」と一方的に訊くと、息を止めた。チェスナット・ヒルと答えたら、もう耐えられない。

「キャムデンに映画を見に行ったのよ」とジニー・パット答えたので、私はまた息をした。「たったいま戻ってきたところ。それにしてもピーター、いったい何があったの？　まるで……まるで、また人殺しがあったみたいな顔よ」

「あったの」思わず言ってしまい、私はカッツィーの話をした。

ジニー・パットは唇まで蒼白になり、「ああ、恐ろしい！」と、息も絶え絶えに言った。そして、私の質問を思い出し、「だから、今日の午後、ジェイミーとどのくらい一緒にいたか、どこへ行ったのか、訊いたってわけね！　ピーター、あんた、まさか思ってないわよね？　まさか彼が……」

「もちろん、思ってないわよ。ただブーン巡査部長がいろいろ質問してきたときのために、居場所を知っておきたかったの。巡査部長、どんなことを言い出すかわからないから」

「とにかく午後はずっとあたしと一緒だったって、あたしがブーンさんに証明するわ。映画の半券だって見せてあげられる」

もしもそんな状況になったときは、巡査部長が映画の半券で納得してくれますように、と私は心の中で思った。と同時に、真っ暗な映画館をこっそり抜け出し、しばらくしてから戻ってくるのはいとも簡単だということは考えないようにした。そして、ブーン巡査部長もそんなことを考えないように祈った。そのあと、巡査部長のお気に入りの容疑者は、目下、ルアク教授なのを思い出し、いくぶん気が楽になった。

次の日——月曜日——の朝、アーチー・シュルツおよびヘレン・ブラックの合同の死因審問が行われた。金曜日の夜に図書館で起こったこと、そしてその数時間後にヘレンが寮から出ていくのを目撃したことを証言するために私も出頭した。手稿の紛失についてはほとんど触れられなかったので、トリローニーが手を回したのかしらと思った。午前中の証言——新しい証言は何も得られなかった——が終わると、次に通知があるまで審理は休廷となった。

私はクライドと一緒に法廷を出た。クライドはアーチーの事件については証言することはなかったが、ヘレンが電話を終えてドラッグストアを出るところに居合わせたことを証言するために呼び出されたのだった。

「ピーター」クライドは自分の車のほうへ私を誘導しながら言った。「ずっと訊きたかったんだけど、トリローニーさんはジャド・フィリップスが一連の殺人の犯人だと本当に思っていると思う?」

答えようかどうか迷った。クライドのことは好きだったけれど、トリローニーが内々に教えてくれたことをそっくりクライドに話していいという理由にはならない。でも、結局、トリローニーは何を言ってたんだっけ? 考えてみると、フィリップスが犯人だと思うとも思わないとも明言していなかったことに気づいた。

「わからないわ」間を置いて、私は答えた。「フィリップスさんが何かしら一枚噛んでるとは思っているはずだけど、どの程度なのかは言ってくれないと思う」

クライドは車道に出ると、再び口を開いた。考えを巡らせている様子だった。

「きのうの午後から考えあぐねてるんだけど、フィリップスはどうして僕に会いたかったんだろう。殺人事件に関係あると断言はできないけど、関係ないと言うにはタイミングが一致しすぎてる」

「クライド」私は不意にこんなことを思いついた。「フィリップスさんが手稿をあなたに渡したかったなんて可能性は考えなかった?」

「なんだって!」クライドはびっくりしすぎて思わずハンドルをひねり、たまたますれ違った車の泥よけを危うくもぎ取りそうになった。「フィリップスが手稿を持ってると思ってるんじゃないよね?」

ジェイミーを巻き込まないように、ここは慎重に行かなければ。

「フィリップスさんが殺人犯だとしたら、きっと持ってるはずよ。殺人犯じゃないとしても、殺人犯から買っているかもしれないわ。それで、手稿を持っているのは危険だと気づいて、恐ろしくなったのよ。今回のことに関係してて、顔見知りなのはあなただけだから、手稿をどうしたらいいか相談に乗ってもらう相手にあなたを選んだのかもしれないわ」

クライドは考え込んだ。

「関係してて顔見知りなのは僕だけじゃないよ」考え込んだ末にクライドは言った。「ルアク教授とは数年来の知り合いじゃないか。フィリップスが手稿を持ってるっていう君の推測が正しいとしたら、どうしてルアク教授に相談しなかったんだい?」

「それは」と私は、クライドがどう思うかも考えずに答えた。「ルアク教授はこんないかがわしい話の相談に乗るような人じゃないからよ」

クライドは戸惑ったような顔で笑った。

「僕はそんな人間だって君が思ってるってことじゃなきゃいいけど」

「もちろん、思ってないけど」馬鹿なことを言ってしまった。「それくらいしか考えつかなかったから。でも、もし、きのう、彼があなたとそんなに会いたかったんだったら、きっと、また会おうとするわ。そうしたら、何のことだかわかる」

「言われてみれば、そうだね。たぶん、また会いたがるだろう。もし会ったら、あとで知らせるね。そしたら、それが事件のほかの部分にどんなふうに当てはまるか、僕たちだけで考えてみようよ」

クライドがすっかり探偵気取りなので、私は心の中で笑ってしまった。だが、トリローニーも私をそんなふうに見ているのかしらと思うと、急におかしくなくなった。

その日の午後は、オストランダー教授のイギリス小説の授業があった。授業が終わり、講義のテーマだったジョージ・デュ・モーリア（一八三四〜九六。英国の風刺画家、小説家）について質問があったので教室に残っていると、背後に人の気配がした。振り返ると、クライドだった。彼もこの授業に出ていたのだ。

「ここに来る直前、例の人物から電話があって、また会う約束をしたよ」ささやくように早口で彼は言った。「これから行ってくる。戻ったらすぐ、どんな話だったか教えるね」私の返事も待たずにクライドは足早に行ってしまい、廊下に向かって流れる人混みに紛れた。

私も教室を出ようとすると、誰かに肩をつかまれ、耳元で押し殺したような声が鋭く響いた。「動くな、逮捕する！」

私は、文字どおり飛び上がった。私の神経がどんなに過敏になっていたかがわかるだろう。顔を上げると、トリローニーがにやにやしていた。

「ここで何しているの?」私は思わず責めるような口調になった。

「この事件の主要人物を一人ひとり、ちょっと監視してるだけだよ」周囲も気にせず、トリローニーは言った。

これを聞いて、「ああ、そうか」と思った。金曜日の夜に図書館にいたうちの三人――クライド・ウッドリング、ジニー・パット、そして私――が、この授業に出ていたのだ。だが、このうちの誰か特定の一人を監視していたのか、それとも三人まとめてずっと見ていたのかと訊こうと思ったところで、トリローニーに先を越され、こう質問された。

「ピーター、たったいまウッドリングは何をこそこそ言ってたんだい? 事件に関係あることかい?」

私が説明すると、彼の目がみるみる驚愕の色になったので、私のほうが驚いてしまった。

「大変だ! どこで落ち合うのか、言ってたかい?」

「いいえ、ただ……」

「ウッドリングをつかまえるんだ!」トリローニーはもう私の話を聞いていなかった。「せめて、目は離さないように……」

言い終わらないうちにトリローニーは、ごった返している廊下を可能なかぎりのスピードで進んでいった。置いていかれないように彼の腕につかまり、私も続いた。

ようやく階段を下りてカレッジ・ホールの外に出たが、ウッドリングの姿はなかった。

「遅かったか!」トリローニーは唸った。「僕たちよりずいぶん前に、行っちゃったからな」

そのとき、トリローニーが昨日の午後、ブーン巡査部長に言ったことを思い出し、私はハチの巣の穴ほどの大きな鳥肌が立つのを感じた。巡査部長がジャド・フィリップスの拘束を拒んだとき、トリローニーはこう言った。

「さらなる殺人事件が立ちはだかったとき、私がそれを回避する努力を怠ったなどとは言わないでください」

「テッド」私は、はあはあと息を切らせながら訊いた。「次はフィリップスが殺されると思ってないわよね？　理由はあるの？」

「理由は山ほどだ」トリローニーは険しい表情で答えた。「だが、取り越し苦労かもしれない。もし殺《や》るつもりなら、あんなことを言うはずは……」

「だとしても、放っておくわけにはいかない」と、トリローニーは自分自身に畳みかけるように言った。「あんなことをわざわざ言うのも巧妙な作戦で、あとでわれわれを惑わすのが狙いかもしれない。ピーター、君は寮の部屋に戻って、クライドが約束どおり電話してくるのを待っててくれ。電話があったら、すぐに連絡を頼む。いや、それもだめだな」と言ってから、一度口をつぐんだ。「自分でも自分がどこにいるかわからないから、三十分か、できるだけそれに近い間隔で僕のほうから電話するよ。そのあいだに僕は、ウッドリングかフィリップス、もしくは両方を捜すつもりだ」

トリローニーは走って行ってしまい、私はジェットコースターを乗り終えた気分で一人残された。寮の部屋に戻ると四時半だった。五時になり、トリローニーが電話してきた。そして五時半にも。しかし、互いに報告できることはなかった。

部屋を空けて階下に食事に行くのも少々気になったが、女子学生のアルバイトがぼんやりせずに給仕してくれれば、次の電話の時間までには食べ終わって帰ってこられるだろうと判断した。待合室の前を通り過ぎるとき、もし電話があったら食堂に呼びに来てくれるようガーティーに頼んでおこうと思いつき、そうしたものの、呼ばれることなく食事を終えた。

戻ろうと二階への階段を上りきって角を曲がろうとしたとき、部屋の電話が鳴った。私は残りの距離を一瞬で移動し、受話器をつかんだ。クライドだった。

「で、どうだった?」彼が名乗るや、私は訊いた。

返ってきたのは、一番がっかりさせる答えだった。

「なんにもなかったよ」と、腹立たしそうにクライドは言った。「一時間以上待ってたんだけど、フィリップスは来なかった」

まったく拍子抜けだ!

「どこで待ち合わせてたの?」せめて、そのくらいの情報はもらっておこう。

「それが、驚いちゃう場所なんだよ。ランカスター街沿いの草ぼうぼうの細長い空き地だよ、精神病院の手前の。わかる?」

「ええ」と私は答えてから、無意識に連想したのだろう、こんなことをつけ加えた。「古いウッドローン墓地のすぐ裏ね」

「そうさ。ほかでもないあんな場所を指定したんだから、よっぽど重大な話が聞けるにちがいないと思ってたよ。なのに、五時半近くまでそのあたりにいたんだけど、フィリップスが現れる気配はなかった」

「変な話ね」と言ってから、私は一つの可能性を思いついた。「クライド、もしかしたら約束を守りたくても守れなかったのかもしれないわ。もしかしたら殺人容疑で逮捕されちゃったのかも」

「トリローニーさんがブーン巡査部長に迫ったってことかい？」クライドは面白そうに言った。

「違うわ。巡査部長が自分の頑固頭を悔い改めて、言われたとおりにしようと思ったのよ」

「おおいにありうるね。本当にそうか、確かめられるかな？」

「どうかしら。もし巡査部長が彼を拘束して尋問しているところだとしたら、あと二十四時間は拘束してることさえ言わないはず。待って様子を見るしかないわね」

　受話器を置くか置かないかで、またベルが鳴った。今度はトリローニーだった。

「ニュースはあるかい？　ピーター」トリローニーの声には、これまでにない緊張感があった。

「ええ、たったいまクライド・ウッドリングから電話があったところ」私はクライドの話の内容を伝えた。やっと報告できることがあってうれしかった。

　ところが、トリローニーの反応は予想外だった。

「なんだって！」と、彼は叫んだ。私の報告で、一安心どころかますますまずい事態になったという口ぶりだった。「どこでフィリップスと会う予定だったって？」私はもう一度、場所を教えた。「これからブーンさんに電話して、彼とその場所で落ち合うことにするよ。捜査員も何人か連れてきてもらおう。フィリップ本人の足取りか車の跡がたどれるかもしれない」

「でも、フィリップスさんは現れなかったのよ」トリローニーは判断が鈍ってしまったのではないかと思い、私は言ってあげた。

「本当にそうだったことを祈っていてくれ！」トリローニーの口調は、これまで聞いたことがないほど重々しかった。「ピーター、また厄介なことが起こるかもしれない。少し前にフィリップスの家に電話したんだ。三時以降、家にいないらしい。彼の所属する社交クラブにもすべて電話したが、どこにもいない。消えちゃったんだ」

第三章　白い炎が…埋葬布のように…

その日の夜、警察がジャド・フィリップスの車を発見したが、トリローニーとブーン巡査部長が捜しにいったランカスター街沿いからは程遠い場所だった。見つけたのはフラターニティ・ロウ（男子学生の社交クラブのための集会所や宿舎が並ぶ一画）周辺を巡回中の警官で、ライトの消えた駐車中の車に違反カードをつけ、その後、街頭の緊急用電話から定時報告をしたときフィリップスの車に注意しておくように言われ、ナンバープレートの番号から、さっき違反カードをつけた車だと気づいたわけだ。しかし、フィリップス自身は行方知れずだった。

一方で、大学では別の騒ぎが起こった。

その夜、私たちの大学のバスケットボール・チームが驚いたことにプリンストン大学を破り、男子学生がこれを馬鹿騒ぎのチャンスと見た。

祝勝の宴は、翌朝の新聞が書き立てたほどひどくはなかったものの、ひどいことはたしかだった。学生たちは鉄道の駅から――試合はプリンストンで行われた――男子寮まで一列につながってジグザグ行進で戻ってきた。男子寮からは、私たちの大学の鬨《とき》の声「ヒンケルドーフ」の雄叫びに誘われて、残っていた学生の半分以上が外に出てきた。行進の列はいくつかのグループに分かれ、それぞれが違ったいたずらをしてやろうと躍起になったが、どれもうまくいかず、手っ取り早いいたずらに甘んじた。

あるグループは、乗客を降ろすために停まった路面電車に乗り込み、運転士を人質にして、ウッドランド街をやみくもに走った——フルスピードで鐘をカンカン鳴らしながら。路面電車はウッドランド街と三十三番通りとチェスナット通りの交差点で牛乳運搬車に衝突し、ウエスト・フィラデルフィア一帯に牛乳が流れ出した。蜂蜜が一緒でなかったのが残念なくらいだ。

ここで、地元の警察がやってきて、数十人が「ブタ箱で眠って酔いをさます」ために連行された。そのなかには、騒ぎを収めようと善意でやってきたのだが目的を果たせなかったオストランダー教授もいた（結局のところ、オストランダー教授は、一晩中囚人扱いされることはなかったにしても、警察本部に呼び出された大学の学務部長が身元を証明するまで釈放されなかったらしい）。

そうしているあいだにも別のグループが、早朝のゴミ収集のために三十四番通りの縁石に沿って並べられていたゴミ箱全部に火をつけようと思いついた。さらには、根っからの無法者たちが、近くの空き地で巨大な焚き火をしようと言い出した。燃えそうで固定されていないものが周辺からすべて掻き集められ、なかには数ブロック先から車で運ばれてくる大きなものまであった。

炎がパチパチと軽快な音を立てはじめると、一台の車が停まり、男が降りてきた。あとから事情を聴かれた学生数人によれば、その少し前に焚き火が始まったときも同じ男がその辺りにいて、急いで立ち去ったあと数分して車で戻ってきたような気がするが、確信はないとのことだった。炎が投げかけるちらちらした明滅のなかでは顔の判別は不可能で、男の容姿に関する男子学生たちの証言はまったくあやふやなものだった。

「おい」その男は近くにいた学生に声をかけた。「ちょっと手を貸してくれよ。これ、一度始まったら、面白いくらい、やかましくなるぜ」

男は車の後部にあった、温水ボイラーでも入れてきたような長方形の木箱を指さした。その学生は箱の一方の端を、運転してきた男はもう一方の端を持ったが、二人だけで運ぶのは無理があった。その学生も当然そう思っていたが、箱には何か重い物が入っているのだった。

それでも、引きずったり持ち上げたりしながら火までの距離をどうにか運びきり、可燃物の山の中央に投げ入れた。箱はぶざまに縦方向に落ちて、まるでガソリンか可燃性の高い液体でも染みこんでいるように勢いよく燃えだした。

一分ほどすると炎は空高く舞い上がり、のちの証言によると、人間の喉から絞り出される苦悶の絶叫のような、耳をつんざく音がして、箱が砕け散ると、中から思いもよらぬものが現れた。

それは人間の形をしていたのだ！

最初は、水を打ったような静けさに包まれた。やがて、「わかったぞ」とでも言うように、人だかりのなかから歓喜の声が上がった。きっと血気盛んな連中が教授の似姿を焼こうと名案を思いつき、急ごしらえながら、なかなか巧妙な人形を作ったのだろう。

だが、どの教授だろうか？　特徴を見定めようと、いまや猛烈になった熱に耐えうるかぎり押し合いへし合いで近づいた一団から、あれやこれやと教授の名が叫ばれた。しかし、その姿はすでに巨大な青白い炎に包まれ、まさしく人間の姿の松明と化していた。

突如として風向きが変わり、一瞬、炎が二つに割れて、顔が見えた。即座に騒々しい叫び声は消え、怯えるような、「まさか」という静寂が広がり、次の瞬間、その静寂が恐怖の喘ぎで破られたかと思うと、喘ぎ声はいっせいにヒステリックな絶叫に変わって、浮かれ騒いでいた集団は踵を返して一目散に逃げ出した。

それは身代わりに焼かれた藁人形ではなかった。それは……。

馬には乗っていなかったけれど、まるで『メッツェンガーシュタイン』（一八三二年発表のポオの短編小説）の炎をまとった主人公ではないか！

やがて火が消えると、その体は原形をとどめないほど焼け焦げていた。ジャド・フィリップスだったとわかったのは歯型を調べたあとだった。

第四章　こいつは……怪しい性質《たち》のやつだ

フィラデルフィア郡のトマス・グリーアソン検事は、検察局の執務室に置かれたぴかぴかで真っ平らな机の向こうからトリローニーを見た。

「言いたくはないがね、テッド」と、彼は言った。「今回はブーンの正解で、君はまちがっていたようだ。昨夜のジャド・フィリップス殺害でそれが明確に証明された」

トリローニーは頑なに首を横に振った。

「違うよ、トム。巡査部長がまちがっていて、僕が正解だったんだ。ああ、フィリップスがほかの三人を殺した犯人だと言ってるんじゃないよ」グリーアソン検事が反論しようとしたので、トリローニーは慌てて言葉をつないだ。「フィリップスが一連の殺人をやったと思ったことはない。事後共犯の可能性はあるけどね。だが、僕が望んだようにブーンがフィリップスを逮捕していれば、殺人は一つ減っていたはずだ。しかもいまごろ、真犯人を捕まえてたかもしれないよ」

「ほう、どうやって?」グリーアソン検事は言った。「その時点でフィリップスが犯人でないとわかっていたなら、なぜブーンに逮捕させようとした?」

「明確な理由が二つある」トリローニーはすかさず答えた。「一つ目は、まさに今回のような結末からフィリップスを守るためだった。事件と彼との関係の可能性——正直言うと、これはミス・パイパーの推理で、僕のじゃないんだけどね――に気づいたとき、彼は知りすぎてしまったために次のターゲットになると確信した。二つ目の理由は、殺人容疑がかけられたと思えば、彼は自分の身を守るために知っていることを洗いざらい話すだろうと思ったのさ。そして彼は、犯人逮捕につながる充分な証拠をわれわれに与えるだけの情報を持っていた」

「なるほど」グリーアソンはちょび髭の先を引っぱりながら考えていた。

「犯人の見当はついてるのか？」

「見当はね」と、トリローニーは言った。「だが、証拠がないんだ。現実的には、このままの調子なら、事件に関係のある一人ひとりが犯人でないという仮説を立てていくことになると思う。一人を除いて全員について」

「その一人がホシだな？」グリーアソンは言った。

トリローニーが答えようとすると、ドアが開き、ブーン巡査部長が入ってきた。

トリローニーを見ると小さくはっとして、ばつが悪いのが半分ふてぶてしいのが半分といった態度でこくりと会釈し、グリーアソン検事のほうを向いた。

「一連のポオ殺人事件のホシを挙げる決定的証拠を見つけましたよ、ミスター・グリーアソン。逮捕状を取って、引っ捕まえる前に、お耳に入れておこうと思いましてね」

「ちょっと待ってください、巡査部長」トリローニーが割って入った。「それがルアク教授で、きのうの午後の犯行推定時刻にフィリップスの家に電話したのはアリバイ工作だったと言いたいなら、まちがっていますよ。あのタイミングで電話したのはまさに偶然だった。男子寮の電話交換手に訊いてみれば、教授がたしかに寮から電話していたことがわかるでしょう。あなたの推理が正しいなら、それはできないはずだ」

「もう訊きましたよ、ミスター・トリローニー」巡査部長は言った。「これで満足するなら認めましょう。ルアクが犯人というのはまちがいでした。きのう、ジャド・フィリップスが犯人だとあなたが言ったみたいにね」巡査部長は、この最後の一言をつけ加えずにはいられなかった。

「だが、ルアクをシロと判断した理由は、それだけじゃない」巡査部長は続けた。「その電話交換手に話を訊いたあと、金曜の夜に図書館にいたという別の教授とちょっと話したんですがね――つばを飛ばしながらしゃべる先生です。こんなことを言ってました。カーニーを釈放してやってくれと警察本部に頼みに来た帰りにルアクはこの先生の部屋に立ち寄って、あれこれ話をしたそうです。ずいぶん長い時間話し込んだんでしょう。ルアクが帰ったあと時計を見たら、三時五分前だったって言うんだから。そんなわけで、ルアクはブラック女史殺しからはずれました。ブラックを殺してないなら、ほかの誰も殺してない可能性が高い」

「みごとです、巡査部長」とトリローニーは言ったものの、その表情を見るに、ブーンの持ってきた新事実を聞いてある考えがひらめき、それについて自分だけでもう少し掘り下げてみようと思ったのはまちがいなかった。

だがここで、グリーアソン検事が質問した。

「ここに入ってきたときブーンさんは、犯人を特定する決定的証拠を見つけたとおっしゃいましたね。ルアクでないなら誰なんですか?」

椅子を手前に引いてトリローニーとグリーアソンのほうに前のめりになっていた巡査部長は、今度は椅子にもたれて両手の親指をチョッキの袖ぐりに引っかけた。

「犯人の名前は」巡査部長は得意満面で発表した。「クライド・ウッドリングです」

「ウッドリング？」トリローニーは、はっと我に返った。「いったい、どんな証拠をつかんだんですか？」

巡査部長は悦に入ったように、にたにたした。

「考えたこともなかったでしょうが？　ミスター・トリローニー」トリローニーの質問にすぐには答えず、巡査部長は言った。「なにしろあの男は、最初の夜にわれわれを困らせたあのカーニーに負けず劣らず口のうまい男だし、いかにも協力的にふるまっているから、シロだと思ってたでしょう。でも、ちょっと考えてみてくださいよ。殺される前のブラック女史と、わかってるかぎり最後に会ったのは誰か？　答えはクライド・ウッドリングです。では、あの屋敷に、その前に一回忍びこんでいると思わせずに、オールド・ミスが殺《や》られた直後の現場に最初に来て、事件発覚後の成り行きを見守ることができたのは誰か？　これまたウッドリングだ。そして三番目に、フィリップスが最後に目撃されて三十分以内にフィリップスと会う予定になっていたのは誰か？　クライド・ウッドリングです。ええ、あの男だったら、この一つひとつについて言葉巧みに弁解するでしょうな」巡査部長は、トリローニーとグリーアソンが口を挟んでこないように急いで続けた。「ヘレン・ブラックとはドラッグストアの外の角で別れたと言う。日曜日の午後、フィリップスのとこに到着したのは三時四十五分だったと言う。きのうは約束の場所にフィリップスは現れなかったと言う。だが、そう言っているのはあの男だけで、それを裏づける証拠は一つもありゃしない」

「ちょっと待ってください、ブーンさん」グリーアソン検事がここで口を挟んだ。「一つ見逃していることがある。金曜の夜、というより土曜の早い時間、ヘレン・ブラックが電話しているときウッドリングがドラッグストアにいたのなら、彼がブラックの電話の相手ということはありえない。いたと言っているのは彼本人だけじゃない。夜勤の店員もそう証言している。これはどう説明するんですか？」

「簡単ですわ、ミスター・グリーアソン」巡査部長はすぐに反応した。「ヘレン・ブラックは電話番号を思い出したが、番号が何番かを思い出しただけで、どこの番号かを思い出したわけじゃない。つまり」と、ブーンは嚙み砕いて言い直した。「番号の数字そのものは思い出したが、どの建物の電話番号かは思い出してないんです。そこで、自分で電話して確かめようと、こっそり出かけた。実際には犯人とは話していない。なぜって、それについては事件に関係のある全員にアリバイがありますからな。彼女はその番号にかけて、どこにつながるか確かめた。そして電話を切ったんですな」

「フランクリン・ホールの交換手が『まちがい電話』があったと話していた」と、トリローニーが言った。

巡査部長は無意識にちがいないが、横柄な態度でうなずいた。「やっと、わかってきたようですな、ミスター・トリローニー」

「だが、まだ明確になっていない部分があります、ブーンさん」と、グリーアソン検事は言った。「ヘレン・ブラックが実際には犯人と話していないなら、なぜ犯人は彼女が番号を思い出したのを知ったんですか？　そして、どうやって彼女と会う約束をしたんですか？」

「いま、それをお話ししようと思ってたんですよ、ミスター・グリーアソン」巡査部長は待ってましたとばかりに言った。「彼女が電話しているとき、あの男は電話ボックスのすぐ横にいた。彼女のしゃべってる内容は聞こえなかったとしても、見当はついたはずだ。そして、彼女は言われるままに、あの男についていった。フランクリン・ホールに住む三人――あの男とオストランダーとルアク――のうち、誰が犯人なのか彼女は知りませんでしたからな。これでおわかりになりましたかな？」「僕はわかった」一瞬考えたあと、グリーアソンは答えた。「君はどうだい？　テッド」彼はトリローニーをちらりと見た。

トリローニーは納得していなかった。

「ここまではいいでしょう。ですが、殺人容疑の根拠にするには不充分です。ヘレン・ブラック殺害のことしか説明されていないじゃないですか。たとえば、アーチー・シュルツ殺害についてはどうなんでしょうか？　ウッドリングとの関係を示していませんよ。私がこの件で呼び出されて、彼に図書館まで来てほしいと電話したとき、彼は寮の部屋にいました。夕方以降ずっと部屋にいたのではないという証拠はありません」

「ずっと部屋にいたという証拠もありませんぞ」ブーンは言い返した。「アリバイという点では、あの男にはこの部分に大きな空白があります、ミスター・トリローニー。誰より大きな空白がね」

「そうかもしれません」と、トリローニーは言った。「けれども、考えてみてください、巡査部長。裁判になれば、夕方以降ずっと部屋にいたとウッドリングが証明するわけじゃありません。ずっといたのではないことをわれわれが証明するんです。それだけじゃない。彼が犯行現場もしくはその周辺にいたことも証明しなければならない。金曜の夜のあの霧では、彼を目撃したという証言を得るのは無理でしょう。

次に、ミス・カッツ殺害を考えてみましょう。執事によれば、フィリップスに電話して彼女を部屋に入れてしまったがよかったかどうか訊いたのは三時十五分です。電話を取ったのはフィリップスでなくフィリップスに成りすましたウッドリングだったとあなたは考えているのでしょう。しかし、先ほどのあなたの話では、ウッドリングが寮を出て、こっそり屋敷に入って彼女を殺し、それから屋敷を出て、犯行後に来たと執事に証言してもらえるように人目をはばからずに再びやってきたということだったではありませんか。もしそうなら、車で屋敷に行って犯行に及び、死体を煙突に突っ込み、立ち去り、また戻ってくるという流れをすべて三十分でやらなければならない。私がフィリップスを疑ったときあなたが言ったように、時間が足りないのではないですか」

　巡査部長は顎を手の甲でこすりながら、考え込んでいた。

「いや、おそらく最初の部分は、執事が思ってるより早かったのかもしれませんな。電話したのは三時十五分でなく三時だったのかもしれん」

　トリローニーは首を横に振った。

「それはありえません。ミス・パイパーによれば、ミス・パイパーとミス・カッツは一時半に一緒に食事をしています。ですから、ミス・カッツが乗った電車は、一番早くて三十番通り駅を二時四分に出発し、チェスナット・ヒル駅に到着するのは二時三十九分です。そして、フィリップスの屋敷を見つけるまでに十五分から二十分はかかるでしょう。なにしろ初めて行ったんですから、それくらいはかかってしまうと思います。ですから、とても三時前には着かないはずです。レインがフィリップスに電話しようと思い立ったのは彼女が到着してから数分経っていたということでした。ですから、三時十五分くらいに電話したというのは、一、二分の差はあれ正確でしょう」

　巡査部長は一瞬ひるんだかもしれないが、白旗を揚げるつもりはまったくなさそうだった。

「いいでしょう」と、巡査部長は言った。「カッツ女史は三時四十五分には死んでいたので、ウッドリングに殺《や》れたはずがない。ならば、この前、あなたが言ってたみたいに、彼女を殺したのはフィリップスだったとしましょうや。フィリップスならどっかに行ってから帰ってくる必要はありませんから、三十分や三十五分で仕事を片づけられたはずだ。家の中にいて、四時四十五分ごろ部屋に入ってきて、いま戻ったふりをした。だとしても、あとの三人を殺したのもウッドリングでないという証明にはなりませんぞ。彼が殺《や》った証拠を、あたしは充分に持ってるつもりです」

　またも、トリローニーは反論した。

「先ほどのルアク教授の話のときに、一連の殺人のうちのどれか一つをやっていないことが証明されたら、どれもやっていない可能性が高いとおっしゃったのはあなたじゃありませんか。被告側の弁護人だってその点を指摘するはずだ。ウッドリングがミス・カッツを殺せたはずのないことが認められたら、陪審員はほかの事件でも、ウッドリングが有罪と思えなくなって、すべてを木っ端みじんにする武器をウッドリングに与えることになってしまう」

「ですが、一件の殺人容疑で起訴すれば、カッツについては認めなくてもいいんじゃないですかな」巡査部長は引き下がらなかった。「つまるところ、電気椅子送りにするのは一回でいい。有罪判決は一つで充分です」

「それでは被告側の弁護人が黙っちゃいないでしょう」トリローニーも反撃した。「弁護人は、直接証拠の一つとしてカッツのことを持ち出す権利を完全に持っています。そうしてカッツ殺害とほかの殺人との関係性を明確にして、被告のカッツ殺害は不可能だったことを証明するはずだ」

「そのとおりだ、ブーンさん。弁護人はそうするにちがいない」グリーアソン検事もトリローニーを後押しした。「こんなふうに非常に密接に関連した一連の事件で、まったく違う動機を持った犯人が少なくとも二人いると主張して辻褄を合わせようとしてごらんなさい。僕は法廷でとんでもない間抜けに見えますよ。そういえば」と、彼は話題を変えた。「ウッドリングの動機は何だと考えてるんですか？　まだ聞いてませんでしたが」

巡査部長は、先ほどの自信を取り戻したようだった。

「それが、この部屋にあたしが入ってきたときに言った決定的証拠なんです、ミスター・グリーアソン。シュルツはウッドリングに金を借りてたんです。大金です。ほぼ三千ドルだ。このシュルツって男は、大学でちょっとした賭場を開いてたらしい」二人が食いつかんばかりの顔になったので、巡査部長は勢いづいた。「順調にやってたんですが、ある晩、ウッドリングがそこに加わって、シュルツも含む全員の金をかっさらった。そのあとも何度か、シュルツはウッドリングを誘った。取られた分を取り返そうとしたんでしょう。だが、深みにはまる一方だった。仲間だった二、三人の若者たちに聞き込みをすると、最終的にシュルツが署名した借用書は三千ドルに近くなっていたらしい。シュルツが払えない、または払うつもりがないとなったとき、ウッドリングが懲らしめのために奴をバラすってのは至極自然じゃありませんかな？」

「立場が逆で、ウッドリングがシュルツに借金してたってほうがもっと自然ですがね」と、トリローニーが言った。「どちらにせよ、手稿の盗難がどう絡んでくるのかがわかりませんね」

「それはここでは関係ないんですわ」と巡査部長は答え、「それはシュルツとフィリップスだけの内輪のやりとりでしたからな。そして手稿は、フィリップスがオールド・ミスを殺した動機だったんです」と、取ってつけたように言った。

「では、ウッドリングがミス・ブラックを殺した理由は？」

「それは、シュルツの二本目の電話の番号をブラックが聞いて……いかん！　これもだめか！」巡査部長はここで初めて、返答に窮したようだった。「それでも、断片を正しくつなぐことができれば、きっと辻褄が合うはずですぞ！」

「わかった気がする！」グリーアソン検事がいきなり大声を出した。「シュルツは本物の手稿をフィリップスのために盗んで偽物とすり替え、それで得るはずだった金の一部でウッドリングに借金を返そうとしたんだろう。先週金曜日の朝にはすり替えが終わったが、本物をまだフィリップスに渡していなかった、つまり、金はもらっていなかった。そんなとき、手稿に偽物疑惑が生じていることをオストランダーから聞いたフィリップスは、シュルツと連絡を取って、騒ぎが収まるまで手稿をまた本物に戻しておくよう指示した。

　ところがシュルツが図書館に来てみると、偽物はカーニーに持ち去られたあとだった。偽物がどうなったのか知るはずもなく、偽造がすでにばれてしまったんだと思ったにちがいないシュルツは、もう一度フィリップスと話して次の指示を仰ごうとした。フィリップスがつかまらなかったので、今度はウッドリングに電話した。ウッドリングはシュルツに、本物の手稿を持っているのかと訊いたにちがいない。シュルツは、『ああ、手元の書類カバンの中』だと答えた――これで、いままで説明のつかなかったシュルツの会話の意味がわかっただろう。そこでウッドリングは、これからどうするか決めるためにシュルツと書庫で会うことにする。

　ところが書庫に着いてみると、シュルツはひどく怯えていて、おそらく、すべてを投げ出して手を引くと言い出したんだろう。だが、それではウッドリングの手には何も入らない。彼は金が欲しいのだ。彼はシュルツを殺し、手稿の入った書類カバンを持ち去り、そののち手稿をフィリップスに渡して、シュルツから受け取るはずだった三千ドルどころか、フィリップスが出してもいいと言った一万五千ドルをまるまる手にしたにちがいない。その夜遅く、ヘレン・ブラックを殺さなければならなかった理由は、さっきのとおりだ。一方でフィリップスは、日曜の午後にカッツ女史がコレクションのなかに手稿があるのを見つけたので彼女を殺した。最後にきのうの午後、ウッドリングは、フィリップスが多くを知りすぎているという理由で彼を殺した」

「やりましたな、ミスター・グリーアソン！」巡査部長は大興奮で叫んだ。「大当たりだと思いますよ！　これですべてが一つにまとまりましたな！」

「いいえ、まとまっていませんよ」トリローニーが反論した。「手稿のすり替えはもっと前に、少なくとも先週の水曜日には終わっていたはずです。よそから来た教授が最初に偽物だと気づいた話をヘレン・ブラックがしていたじゃないですか。本物をフィリップスに渡して金を受け取るのを、そんなに引き延ばすのはおかしい。すぐにそうしたはずだ」

「すぐにそうした可能性はある」グリーアソン検事は言った。「が、実際にはそうしなかったようだ」

彼はまた巡査部長のほうに向き直った。「よし、ブーンさん。ウッドリングを逮捕してください」

「トム、それはだめだ！」トリローニーは椅子から半分立ち上がって叫んだ。「こんな状態で法廷に立っても立証は無理だ。すべての殺人がウッドリングの犯行だと証明できなければ、どれも証明できなくなってしまう」

「悪いが、テッド」グリーアソン検事は冷静に返した。「このチャンスに賭けてみようと思う」

五冊目　アッシャー家の崩壊

第一章　この種のことがあろうと……覚悟はしていたのである

週末、図書館は警察によって閉鎖され、アーチー・シュルツ殺害の手がかりを求めて綿密な現場検証が行われた――結局、何も見つからなかった。月曜日の朝には大学当局の要請で再び開館したのだが、私は時間がなくて、その日は図書館に行かなかった。死因審問に時間を取られてしまったのだ。だが、火曜日の午後は立ち寄ることができた。それにしても、全学生の半分が同じことを考えていたようで、彼らの表情や行動から察するかぎり、図書館が存在する本来の目的で来ていた学生は明らかに皆無に等しかった。

図書館を出ようとしていると、クライド・ウッドリングがちょうど入ってくるところだった。

「やあ、ピーター。殺人現場を見てきたのかい？」

「もちろん、違うわよ」私は憤慨し、「ダフネ・デュ・モーリア（一九〇七～八九。英国の女性小説家）の『レベッカ』を借りに来ただけよ」と、本を持ち上げて見せた。「読んだことがなかったの。彼女のおじさんの作品と同じくらい面白いかしらと思って。あら、お父さんだったかしら？」

このとき、知り合って初めて、クライドは学校教師の顔を見せた。

「いいえ、おじさんです」少々堅苦しい口調になった。「ジョージ・デュ・モーリアは生涯結婚しませんでした（実際には、ジョージは結婚しており、ダフネはジョージの孫）」クライドは話題を変えた。「昼は食べた？」食べたと答えると、

「じゃあ、僕につき合って、グリークスでコーヒー飲んでよ。いまなら店はがらがらだろうから話ができる」

「殺人現場を見るのはあとにするってことね？」私は思わず訊いてしまった。

クライドは微かな笑みを浮かべた。

「信じなくてたっていいけど、言語学の課題をやるのにオックスフォード辞典を見に来ただけなんだ。でも、急ぎじゃないんだ」

グリークス食堂に着き、配膳カウンターからできるだけ遠いテーブルに座ると、クライドは予想どおりの質問をしてきた。

「きのうの夜のこと……聞いたよね？」

「ええ」と私は答え、体の奥を走る微かな震えが外からわかりませんようにと願った。

「まったく恐ろしいよね？　フィリップスが僕に会いたがってた理由が永遠にわからなくなっちゃったよ」

「どうしてあんなことになったのか……察しがつく？」私はどうにか言葉を発した。

ギリシア人ジョージが配膳カウンターに戻っていくまでクライドは黙っていた。

「うん、残念ながら、理由ははっきりしているよ、ピーター。フィリップスが僕に伝えたかったことは、何にせよ、犯人の身を危険にさらす内容なのさ。そんな秘密を打ち明ける相手にどうして僕を選んだんだか、さっぱりわからないけどね。彼があんな目に遭ったのが、きのうの僕との待ち合わせ時間のあとじゃなくて、前だったのを祈るばかりだ」

「どうして？」私は鈍い女だ。

「だって、待ち合わせ時間のあとだったとしたら、フィリップスはもう僕に話しちゃったたって犯人は思ってるだろ……わかる？」

わかった。

「大変だわ、クライド！」私は思わず声を張り上げた。「だとしたら、次はあなたの番ってことじゃないの！　警察に保護を頼むとか、何かしたほうがいいんじゃないかしら？」

クライドは呑気に「ワハハ」と笑ったが、呑気を装っているだけではないかと思わずにはいられなかった。

「実のところ、自分で言ってるほどは危険だと思ってないんだ。おそらく、あんな目に遭ったのは四時前だと思う。だから、フィリップスは今回の約束に現れなかったんだと思うよ。でも、今日か明日にでも警察本部に行って拳銃所持の許可をもらってくるよ。用心のためにね」

クライドがそう言ったので、私は少し安心した。だとしても、殺人リストの筆頭に自分の知り合いの名が載っていると考えるのは、気持ちのいいものではなかった。とりわけ、この殺人者は狙った獲物は必ず仕留めている。そのとき、また別の考えが私の頭の中に湧いてきた。

「もし仮に、フィリップスさんが殺されたのは、何を言いたかったにせよ、あなたに言わないようにするためだとしたら」私は声高になり勢いが止まらなくなった。「犯人は、フィリップスさんがあなたに言うだろうってことをわかってた。つまり、あなたたちが会う予定だったって知ってたってことよ。ほかにそのことを知ってたのは誰なの？　クライド」

クライドはコーヒーに向かって顔をしかめた。

「まったくわからない。このことは君にしか話していない。君にだって、話したのは約束に出かける直前だ」

「じゃあ、フィリップスさん側から漏れたのよ。でも、それもおかしいわね。これから話すって犯人に教えるほど、フィリップスさんも馬鹿じゃなかったはずよね」

クライドがこれに答えようとしたとき、扉が開いてブーン巡査部長が入ってきた。誰かを捜すように、しばらく入り口の内側に立っていたが、私を見つけると店の奥に向かってきた。

「ミス・パイパー」巡査部長は言った。「ご存知なら教えていただきたいんだが」ここまで言うと、クライドに気づいた。

「おお、ここだったかね、ウッドリング君!」巡査部長は大声を上げた。「捜していましたぞ」

「僕をですか?」クライドは不思議そうな顔で答えた。

「そのとおり」巡査部長は一言断りもせずに、私たちのテーブルの椅子を引いて腰を下ろした。「二、三、質問がありましてな」

クライドは黙って、話の続きを待った。

「先週の金曜の夜に殺されたシュルツって男ですがね」と、ブーンは話しはじめた。「おたくは、この男とかなり親しかったんですな?」

「ええ、とても。寮の同じホールに住んでましたし、ポオのセミナーでも一緒でしたから。どうしてです?」

「ちょっとね」巡査部長は大きな手を重たそうに振って、クライドの質問を払いのける仕草をした。

「では、フィリップスについてお尋ねします。彼のところには、しょっちゅう通っていたと言えますな?」

「コレクションを見に二、三回行きましたけど、それがブーンさんにとって、しょっちゅうなのか僕にはわかりません」

しょっちゅうなのかどうか、ブーンは答えなかった。

「おたくがあそこに行ってるとき、フィリップスは」と、ブーンはまた質問した。「きのうの午後、おたくに会いたかった理由がわかるようなことを何か言ってましたかな?」

「きのうの晩、フィリップスさんの死体が確認されたあとも、あなたは僕のところに来て同じ質問をしましたよ。何も言っていないと答えましたけど」

「ふむ、何か思い出したかもしれないから、もう一度訊いてるんですわ」

「申し訳ないですけど、何も思い出していません」

巡査部長は、アーチー・シュルツの質問のときと同じようにこの話題もいきなり終わりにして、次の質問に移った。

「では、きのうのフィリップスと会う約束ですが、いったい何時でしたかな?」

「午後四時か、僕が行けるかぎりで四時に近い時間ということにしていました。オストランダー教授の講義が三時から四時までだったので、待ち合わせの場所に着くのは四時を少し回るだろうとフィリップスさんには伝えました」

「で、何時に着いたのかな?」

巡査部長のこの尋問の進め方を聞いて、ペンシルバニア州の行政は腐っていると、私は居ても立ってもいられなくなった。クライドに気づかせようと、テーブルの下で彼を蹴ろうとしたが、距離か方向の見当をはずしたらしい。ブーン巡査部長が、あいた、という顔をした。

いずれにせよ手遅れで、クライドはすでに答えはじめていた。

「正確にはわからないです。時計を見なかったので。でも、四時二十分くらいだったと思います」

「ということは、五ブロック歩くのに二十分かかったと？」あからさまに疑っていた。

「いいえ、カレッジ・ホールの一階で、同じ授業の学生に呼び止められたんです。オストランダー先生から伝言を預かってるって」

「どんな伝言ですかな？」

「きのうが提出期限だったレポートが見当たらないが提出したか、とのことでした。提出したと言おうと教室に戻ったんですが、もう先生はいませんでした」

「追いかけてきた学生の名前はわかりますかな？」

「いいえ！　あの授業は大学でもとりわけ大人数ですから。教室の学生の半分は顔さえわかりません。まして名前なんか」

「じゃあ、おたくがくるりと方向転換して階段を上っていったと証言してくれる人はいないってことですな？」

「ええ、いないです。いや、でも……」とクライドは言いかけて、口をつぐんだ。「あのちょっと」クライドの声に力がこもった。この一連の質問が誘導する先にピンときたのだ。「僕が約束の場所に着いた時間を、何か理由があってごまかそうしてるとでも思ってるんですか？」

巡査部長はそれに答えず、いきなり話題を変え、それと同時に態度も微妙に変えた。柔らかなアスファルトが硬いコンクリートになったくらいの変化だった。

「ウッドリング君、シュルツが殺されたとき、彼はおたくにいくら借金してたのかな？」

「借金なんかしてませんよ」

「嘘をつかんでくれ。彼の署名入りの借用書をおたくが持ってることは調査済みだ」

「ああ、あれですか！」クライドは納得したようだった。「あれなら、二週間以上前に払ってもらいました」

「証明できんだろう」

「僕の通帳が証明してくれますよ。あ、よかった、いま持ってると思います」クライドは内ポケットから通帳を取り出すと、巡査部長に手渡した。「たしか十月二十日あたりに正確な金額が出ていると思います——二千九百九十七ドル。ほら、ここです」と、クライドは言った。そんな大金を持っていることを言うなんて私への当てつけかしら、と私は思ってしまった。「シュルツ君は寮の学生を集めて、内輪の賭博みたいなものを仕切ってたんです。で、いかさまをやってるんじゃないか、と僕は疑った。たまたまトランプのいかさま博打の知識があったので、これは一つ懲らしめてやろうと思った。何年か前、趣味みたいなかんじで調べたことがあったものですから。それで、彼から金を巻き上げたんです」

しばらく巡査部長は、少々拍子抜けしたような顔をしていたが、それでもまだ疑いは晴れていないという口調で言った。

「その金を払ったのがシュルツだという証拠はあるかね？」

「残念ながら、僕を信じてもらうしかありません。僕がシュルツ君に返した借用書が彼の遺留品からでも見つからないかぎりはね。でも、きっと、破り捨ててるんじゃないかなあ。だったら、こんなふうに考えてくれても構いませんよ。一年間、休職中で無給の学校教師が三千ドルというまとまった金を受け取れるというなら」クライドは少々皮肉っぽい口調だった。「受け取りたいものですよ。それだけの金を使わせてもらいたい人間は少なくないはずです」

私たちはみな自分のやるべきことに集中していたので、ドアがまた開いて誰かが入ってきたのにまったく気づかなかった。すぐ横で声がして初めて気づいた。

「巡査部長、そこまでです！」鋭い命令口調だった。

全員が見上げると、トリローニーが見下ろしていた。

「何ごとです？」ブーンは座ったままでそちらを向き、大声で言った。

「検事からの伝言です。今日の夜までこの件は保留にしてください」と、トリローニーは言った。「あなたが出ていったあと、検事と話したんです。私の主張が正しいことを証明するために、夜まで時間をもらえることになりました」

「あなたの主張？」巡査部長は憤慨していた。

「私の主張です」とトリローニーはくり返し、「私の言うことを信じてもらえなかった場合に備えて、グリーアソン検事にいまの内容を一筆書いてもらってきました」と言って封筒を取り出すと、巡査部長に手渡した。

ブーン巡査部長は封筒を開けて、中身に目を走らせると、小声で悪態をついた。

「これが検事さんのお望みなら、いいでしょう」巡査部長は不機嫌な声で言うと、立ち上がった。「ですが、ミスター・トリローニー、今回は日曜の午後のような失態を演じんよう気をつけてくださいよ」巡査部長はドアをバタンと閉め、店を出ていった。

クライドは怪訝そうな顔でトリローニーを見た。

「少々混乱しているんですが」と、クライドは言った。「でも、あなたが入ってくる前の巡査部長の質問は、あんまり友好的じゃなかったなあ。ひょっとして僕を殺人容疑で逮捕するつもりだったんですか？」

トリローニーはうなずいた。

「言いづらい話だが」トリローニーの口調は重々しかった。「だいたいそんなところだ」

第二章　精神のおおいなる集中の所産……

「なんですって！」クライドは驚いて大声を上げた。「どうしてですか？　僕が彼らを殺しただなんて、どうしてあの人は思ったんですか？」

　トリローニーは、座っていいかいという目で私を見ると、さっきまで巡査部長が座っていた椅子にどかっと腰を下ろした。

「君がシュルツを殺したのは、シュルツが君に借金していたかららしい」と、トリローニーは言った。「あとの殺人も、そこからうまくつながっていった。ミス・カッツだけは、最終的にフィリップスが殺害したことになったがね」

「だから、あの人は最後にあんな質問したんですね」とクライドは言い、巡査部長にした話をトリローニーにもした。「それにしても、もし、まだシュルツが借金したままだったとしても、僕が彼を殺して何の得になると思ったんでしょう。死人から取り立てなんかできないのに。しかも、賭け事でできた借金ですよ。もし立場が逆で、僕が彼に借金してたなら……」

「検察局の部屋で、そのことはちゃんとあの人たちにお話ししましたよ」と巷で流行っているフレーズをトリローニーは使い、にやりとした。「なのに巡査部長ときたら、おとといの午後、フィリップスを逮捕しなかったから、僕がその仕返しをしてるだけだと思っているみたいなんだ。最近、何かと協力してもらえなくてね」

「あなたの主張が正しいと証明するために、検事さんは今日の夜まで時間をくれたって言ったわよね、テッド」私は確認した。「これからどうするつもりなの？　うまくいきそうなの？」

「いきそうもない。正直なところ、何一つアイディアが浮かばないんだ。でも、アドバイスは大歓迎だよ」トリローニーは期待するような目で、私たち二人の顔を交互に見た。

クライドがちょっと変わった表情を見せ、一瞬、何か言いたそうにした。

トリローニーもその表情に気づいた。

「さあ、君はどう思ってるんだい？」トリローニーが促した。

クライドは言いよどんでいた。

「仲間を疑うような嫌な人間にはなりたくないんですけど」と、クライドは恐る恐る口を開いた。

「でも、もう、しゃべっちゃえ！　何にせよ、僕らの誰かが犯人なんだ！　しかも、僕の首だって危ないし……」

「もし君の考えている男が潔白なら」と、トリローニーは言った。「君がその男に不利なことを言ったとしても、疑惑が晴れれば、その男は君の言ったことで傷ついたりしない。それだけは保証するよ」

クライドは、問いかけるような顔で笑った。

「トリローニーさんは、失敗したことないんですか？」

「あるさ。でも、どれも、この場合とは逆だけどね。若いころは、犯人を自由の身にしてしまったことはあったかもしれないが、無実の罪を着せるのに加わったことは一度もない。僕はこんなふうに考えている。合理的な疑いの余地がないだけじゃなく、いかなる疑いの余地もないとき、人は有罪になるんだって」

「わかりました」と、クライドはうなずいた。「では、お話しします」

そして深呼吸すると、吐き出すように話しはじめた。

「ジェームズ・カーニーが犯人だと思ったことはありますか？」

「あるよ」と、トリローニーは言った。私は彼をぎろりと睨んだが黙殺された。「で、彼が犯人だと君が思う理由は？」

「第一に、手稿がなくなっているのをシュルツが発見する直前に図書館にいた。だから盗んだのは彼の可能性があります。あ、ピーター、ミス・ブラックが二階に行ってしまったあとに、君のいた書庫にカーニーが入ってきたことは知ってるよ」私が反論しようとしたのに気づき、クライドは急いでつけ加えた。「でも、直接来たと断言できるかい？　展示ケースから手稿を持ち出すのなんて一分もあれば充分だろ」

私は黙っていた。何か言えば、話はもっとややこしくなる。ともあれ、私が気を揉む必要はなかった。トリローニーが真実を知っているのだから。クライドは続けた。

「彼はシュルツの電話――日曜日にトリローニーさんが推測したとおり、電話は二本ともフィリップスにかけたのでしょう――を聞いていたので、盗んだことがばれたのを知った。そうして、怪しまれないようにしながら、できるだけ早く図書館を出た。そのあとどこへ行ったのか、証言できる人はいないようですね。きっと、ぐるりと図書館の建物を回ってシュルツに非常口を開けさせて中に入り、そして、口封じのためにシュルツを殺したんじゃないでしょうか」

トリローニーはうなずいたが、コメントはしなかった。

「なら、ミス・ブラック殺しはどうなんだい？」

「カーニーは一晩じゅう留置場にいたんじゃなくて、夜中の十二時ごろ釈放されたことは聞きました」と、カーニーは続けた。「でも、その夜はホテルに行くという約束を破って大学に戻ってくると、ちょうどドラッグストアから出てきたヘレン・ブラックを見かけた。ヘレンが二本目の電話の番号を思い出したのだと見当がついたにちがいない。そこで、僕と別れるのを待って、ヘレンを散歩に誘った。ヘレンは誘いに乗った。カーニーがどうしてそんなに早く留置場から出てきたのか知りたくてたまらなかったでしょうからね。そして、彼はヘレンを植物園の物寂しい場所に連れていって殺した」

「でも」と、トリローニーは言った。「シュルツの二本目の電話の相手がフィリップスなら、番号を思い出したからって、なぜカーニーがヘレンを殺す必要があるんだい？　第一、シュルツはどうしてフィリップスに電話したんだい？」

「それはこうです。フィリップスに売る目的で最初に手稿を盗んだのはカーニーだった。カーニーは、ヘレン・ブラックの口を通じてフィリップスをシュルツ殺しに巻き込むのは避けたかった。フィリップスは自分の身を守るためなら何を言い出すかわかりませんでしたから。シュルツがフィリップスに電話したのは、シュルツもカーニーと同じ目的で図書館に行ったからです。手稿を盗むためです。手稿に一万五千ドル払ってもいいなんてフィリップスが言ったものだから、では、持ってきてあげましょうと手を挙げた人がいったいどれだけいたことか。そこでフィリップスは、とにかくそれを持ってきた者に金を払うと約束した」

「なるほど、二本目の電話の相手が殺人犯でもないのに名乗り出なかった理由もわかるね」トリローニーニーは考え込むように言った。「もしそれがフィリップスだったなら、あんな状況で名乗り出るわけはなかっただろうね。まあいい。続けてくれ。あとの二件の殺人についてはどうなんだい？」

「ミス・カッツ殺しについては、説明が難しいです。これに限ってはフィリップス犯人説を受け入れなくてはならなくなってしまう。でも、複数の犯人がいるとは考えたくないんです。この事件は、単独犯なのは明らかです。こんな推理はどうでしょう。日曜日の午後、僕が寮の部屋を出たあと、カーニーが僕の部屋に立ち寄って——ときどきあるんですよ——フィリップス宛ての電話を取った。そして……」

「それは違うわ！」私は勝ち誇ったように話を遮った。「日曜の午後、彼はジニー・パットと一緒にいたのよ。デートだったのよ」

　クライドはからかうような目で私を見た。

「あなたはそこにいたのですかな？　チャーリーさん（一九三二年にコメディアンで俳優のジャック・パールが、ほら吹き男爵と呼ばれたミュンヒハウゼン男爵を演じたときの台詞。ドイツ訛りで発音し、全米で大流行した）」とクライドは十年も前に人気者だったラジオ・コメディアンの声色《こわいろ》を遣って、それから、私の答えを待たずに「日曜日の午後ずっとデートしてたって、どうしてわかるんだい？

　フィリップスを殺す動機については、もちろん明白でしょう」と、続けた。私をやりこめたと思ったにちがいない。「フィリップスは危険な情報を持っていた。きっと僕に伝えようとしていた情報でしょう。不思議なのは、フィリップスと僕との二回目の約束をどうしてカーニーが事前に知っていたのかということです。巡査部長が来るまで、僕とピーターはそのことを解き明かそうとしてたんです。考えられるとすれば、フィリップスが車で大学の前を通り過ぎるのを見かけて、ついていったということくらいですかね」

「ありえるね」トリローニーは考え込んでいた。「いやあ、君の推理は最初から最後まで、とても筋道が通ってるよ、ウッドリング君。問題があるとすれば、推理にすぎないということだけだね。次に必要なのは、カーニーの行動を綿密に調べ上げることだ。そうして初めて、推理以上のものになる」

「申し訳ないですが、その部分はあなたにお任せしなければなりません」クライドは腕時計をちらりと見て言った。「図書館で少し調べ物をしなければならないんです。そろそろ始めたほうがよさそうなので。では、失礼させていただきます……」クライドは立ち上がると、おじぎをして出ていった。

「テッド」二人きりになるや、私は問い詰めるように言った。「ジェイミーが犯人だなんて本気で思ってるんじゃないでしょうね？」

トリローニーは、私を安心させるように笑った。

「思ってないよ、ピーター。でも、ウッドリングは、巡査部長がウッドリングを容疑者に仕立てたよりずっと上手にカーニーを容疑者に仕立てたね。一件の殺人を除いては、すべての要素を考慮してる。状況証拠というのが、いかにトリッキーで、ときに危険かを教えてくれるね。でも、僕が自分の主張をどう証明すればいいかは教えてくれないなあ」トリローニーは赤い髪を指でなでながら続けた。

「夜までに何とかしないと、ブーン巡査部長は絶対確実にウッドリングを逮捕する。そうしたら、被告側の弁護人が指を乗せた瞬間にボロボロと崩れ落ちるほど脆い証拠を並べ上げて、彼の有罪を主張して笑い物になるのはトム・グリーアソンだ。ピーター、僕たちのうちどちらかが、何かアイディアを出さなきゃならないよ。一刻も早く」

頭を働かせようと私がタバコを取り出すと、トリローニーがそれに火を点けてくれ、それから自分もパイプに刻みタバコを詰めて火を点けた。私たちがいかにも長居しそうだと思ったギリシア人ジョージが、追加の注文はないか訊きに来た。その意を察したトリローニーはコーヒーのお代わりを頼み、代金と一緒にチップをはずんだので、その日の午後は好きなだけここにいられることになった。

「この事件はあまりにいろいろなところでポオが関わってくるから」と、私はすぐさま話しはじめた。「だから、ポオのムッシュ・デュパン（C・オーギュスト・デュパン。ポオの短編小説『モルグ街の殺人』、『マリー・ロジェの謎』、『盗まれた手紙』に登場する探偵）なら、どういう方法で解決するかしらって思うの」

「観察と分析だね」トリローニーは即答した。「デュパンをモデルにしたシャーロック・ホームズも同じだ。ただしデュパンの場合は、分析を通して導かれた結論は唯一無二で、ほかにどんな可能な説明があろうと入り込む余地がない」

「それなら、ポオかデュパンに頼んで力を貸してもらいたいものだわ。あなたはどう感じてるかわからないけど、わたしはいま、優れた分析力を持っていればなあって思ってるわ」

　トリローニーは黙っていた。表情を見るに、かなり没頭して何かを考えているようだった。再び口を開いたのは、五分ほど経ってからだった。

「ピーター、それを聞いてアイディアが浮かんだよ。ポオに力を貸してもらってこの事件を解決しよう。『モルグ街の殺人』の冒頭で、ポオが語り手に、分析力と単なる創意工夫の違いを説明させているのを覚えてるかい？　でも、彼はこんなこともつけ加えている。分析家は必ず創意工夫も得意だって。僕はなけなしの分析力をこの事件で駆使してきて、正しいと確信できる結論にたどり着いた。ほかにどんな理に適った説明があろうと覆せない結論だ。だが、一つ困ったのは、陪審員を納得させられる証拠のたぐいを見つけられないことなんだ。だから今度は、創意工夫に頼ってみようと思う。ポオが言いたかったことと厳密には意味が違うかもしれないが」

だが、私は、トリローニーが最後に言った二つのことを、ほとんど聞いていなかった。その直前に言ったことにとらわれて、あとの内容が耳に入ってこなかったのだ。

「もうわかってるのね？　誰が殺したか」ギリシア人ジョージが配膳カウンターにいるのも忘れて私は大声を出してしまい、すんでのところで気づき、殺したかの部分で辛うじて声を潜めた。「誰なの？」

「悪いが、ピーター、それは言えない。君が知るのは危険すぎる。僕から聞いたことを表情や行動にうっかり出してしまうかもしれないからね……わかるね。ヘレン・ブラックやミス・カッツの二の舞になる」

わかっている。後にも先にもこのときだけ、私は好奇心を抑えた。

「でも、君にも手伝ってもらえるかもしれないな」トリローニーは続けた。「君、演技は上手？」

私は、下品と言われてしまいそうな笑い方をした。いや、おそらく下品に笑っていたにちがいない。

「練習次第でゾウが空を飛べるようになるなら、私も練習で演技できるようになるかもね。でも、いまはだめ。どちらかというならジニー・パットのほうが女優だわ」

「じゃあ、彼女を捜しに行こう」と言って、トリローニーは立ち上がった。「彼女がやりたいと言ってくれれば、アルバイトを紹介するつもりだ」

一緒にグリークス食堂を出ると、トリローニーは空を見上げた。東の空では巨大な真っ黒な雲がむくむく膨れはじめていて、風はすでに、電話線のあいだをぴゅーぴゅーと吹き抜け、キャンパスの裸になった木の枝を道路に向かって斜めに揺らしていた。

「荒れ模様の天気だな」と、トリローニーは言った。「雪になるほど寒くないから、きっと雨だろう。

あの雲の様子だと、夜遅くにはひどい雷雨になるかもしれないね。かえって好都合だ。今夜の演出にはうってつけだよ」

「何するつもりなの?」

「今夜、事件に関係のある全員に図書館のアメリカ文学室に集まってもらう。事件の解決と犯人逮捕のための、ちょっとした創意工夫の成果を見ることになるよ」

第三章　……陰気なアッシャー家の館が見えてきた

予想していた嵐になったのは、午後八時に近かった。空が突如として荒れ狂い、遅れたぶんだけ激しさを増したように思えた。どしゃ降りの雨のせいで車道や歩道までも川になり、雷鳴が轟き、野獣が突き破ろうとしているかのように窓がガタガタと揺れた。そんな中をジェイミーが車で迎えに来て、ジニー・パットと私を乗せると図書館に向かった。キャンパスは教職員と理事しか車の運転が許されていないのだが、ジェイミーはキャンパス内の車道に入ると、そのまま走って図書館の幅広の階段の下に車をつけた。

「……夜の帳《とばり》が降りるころ、ようやく陰気なアッシャー家の館が見えてきた」荘厳で巨大な図書館の建物に向かって片腕を揺らし、ジェイミーはドラマチックにポオの小説の一節を唱えた。

ジニー・パットはぶるぶる震えながら、両肩をすくめてレインコートの襟を耳まで持ち上げた。「ほんとにアッシャー家の館みたいじゃない？」ジニー・パットは怯えた声で言った。「がらんとした目のような窓」、まるで「黒く不気味な沼」の水面に映るように、雨の降りしきる小ぶりな正面広場に逆さに映る建物の影。アッシャー家の館以外の何ものでもない。

きっと、全員が深く息を吸ったにちがいない。そのあと、互いに腕を組んで支え合いながら、雨で滑りやすくなっていた階段を駆け上った。玄関ロビーの外側の扉を開けると、いきなり陰から男が出てきて、半球レンズのついた手さげランプで私たちの顔を照らした。

「今夜は、図書館は閉館だ」と、男は言った。そのあと、私たちだと気づいたらしい。「ああ、君たち三人か！　さあ、入って」金曜の夜にブーン巡査部長がジャクソンと呼んでいた刑事の声だった。

　車で近づいてきたときから図書館がいつもより暗いと思っていたのだが、内側の扉を開けるとその理由がわかった。電灯が一つも点いていなかったのだ。その代わり、石油ランプが大閲覧室の机の上で一つ、その向こうのアメリカ文学室でもう一つ灯され、向かうべき方向を示してくれていた。高い丸天井の二つの部屋と、壁に沿って並ぶアルコーブの真っ暗なアーチの、その巨大な空間に置き去りにされたランプの微かな揺らめく光は、かえって暗さを際立たせているように思えた。

　手探りするようにアメリカ文学室へ向かうと、閲覧テーブルを囲んで座る六人の影だけが見えた。近づいてみると、クライド・ウッドリング、ルアク教授、オストランダー教授、ブーン巡査部長、トリローニー、そして六人目は、そのときは誰なのかわからなかったが、あとからトム・グリーアソン検事だとわかった。

「さあ、入って」二つの部屋をつなぐアーチ道のところでもじもじしている私たちを見て、トリローニーが呼びかけた。「君たちで終わりだ」

　私たちが雨の滴る帽子とレインコートを脱いで席に着くのを待ってから、テーブルの上座にいたトリローニーが立ち上がった。

「では、始めましょう。ですが、最初に、電灯について説明をしておきます。嵐のせいで、図書館の送電線が切れてしまいました。急なことだったので、用務員さんに引っぱり出してきてもらえたのは、石油ランプ二つだけだったんです。どうにかこれで用が足りればいいんですが」

ここまで言うと、トリローニーは椅子を横向きにして片方の足を座面に乗せ、持ち上がった膝に片肘をついて、先を続けた。

「四日前の夜のほぼ同時刻に、一人の男性がここで殺害されました。もっと正確に言うと、すぐそこの、この部屋とつながっている書庫の中でです。連続殺人事件の始まりでした。すべての殺人がエドガー・アラン・ポオの小説を模したものでした。つまりこれは、単独犯であることを示しています。そこで、今夜、皆さんにここにお集まりいただいたのは、全員で一致協力すれば犯人を特定できるのではないかと考えたからなのです」

芝居がかったふうでもなく、トリローニーの話ぶりはごく自然だった。だが、残忍な話の内容と裏腹の淡々とした声は、一つひとつの言葉を、どんな芝居がかった口調よりもずっと深く私たちの心に刻みつけた。

「ですが、その前に」ほとんど気づかないような間を置いてから、彼は話を続けた。「もう一つ、最初に解決しておきたい問題があります。ポオの貴重な手稿『ユーラルーム』の紛失です。

盗んだ犯人はここにいませんので、この人です、と示すことはできない。盗んだ犯人と、その犯人が手稿を渡した相手はすでに死んでいます……一連の殺人の最初と最後の被害者です。しかし、最初の盗難のあと、手稿はまたもや盗まれました。二度目に盗んだのは殺人犯であり、その人物は、最初に盗んだ犯人と盗んだ手稿を最終的に受け取った人物との橋渡し役をしていました。

ですが、それだけでは終わりません。最終的に受け取った男の所有物のなかにその手稿があるのが、不注意がもとで発見されてしまい、口封じのために三番目の殺人事件が起こります。そのあと、ほかの誰かにまた見つかっては困るので殺人犯はまたも手稿を盗んだのです。しかし、殺人犯は気づきはじめます。手元に置いておくのは危険で、しかも、どう処理すればいいのかわからないシロモノがここにあると。最初の盗難で手稿が渡るはずだった男に返そうにも、その男はもう死んでしまった。一連の事件のどの部分に関わったのかその男が自白しないように、そして自白のなかで自分の名を出さないように犯人が殺したのです。ほかの収集家に譲ろうにも無理だ。どんなに節操のない収集家だろうと、四件の惨殺事件と深く関わるシロモノをわざわざ受け取るはずがない。犯人にとっては、そんな手稿など何の価値もないというのに。

破り捨てればよかったじゃないか、と思う人もこのなかにはいるかもしれない。たしかにそうです。しかし、生まれながらの本能と受けてきた教育が、そうさせなかった。あの手稿はアメリカの歴史の貴重な資料です。いちど破り捨てたら、取り返しがつかない。良心の呵責も見せずに四人の命を奪った男が、血も通っていないシロモノを捨てるのをためらうとは、なんとも不可解な話だが、博学な皆さんのなかには、不可解であろうと気持ちはわかるとおっしゃる方もいるでしょう。

では、殺人犯は最終的に手稿をどうしたのでしょうか？　私にはわかる気がするのです。四人を殺したときとまったく同じ方法を取った。ポオのまた別の小説をまねて処分したのです」

テーブルを挟んで私の向かいに座っていたルアク教授が、小さく喉を鳴らした。いま思えば、次に何を言うか予想がついたのだろう。トリローニーは続けた。

「一八四五年、『盗まれた手紙』という小説が発表されました。そのなかでポオは、何かを隠すときに一番効果的な方法はそれがもっともありそうな場所に置くことだと指摘しています。なぜなら、捜す側は、どこかしら難解な場所で見つかるだろうと思っているので、ひどく単純でわかりやすい場所にあると、かえって見つけられないものなのです。我らが殺人者は手稿が見つかろうが見つかるまいがおそらくどちらでもよかったので、この場合とまったく同じではありません。殺人犯がこだわったのは、手稿が自分と直接関わりのない場所で見つかることでした。それでも、これまでの彼の行動から判断するなら、殺人と同様にここでもポオをまねただろうと私は考えています。犯人の性格についての私の分析が、小説のなかでムッシュ・デュパンがおこなったD——大臣の性格分析と同じくらい正しいか確かめてみましょう」

そう言いながら、トリローニーは手を伸ばしてテーブルの上のランプをつかむと、それを持って部屋を横切った。私たちも立ち上がって、あとに続いた。いったい何をするつもりだろうという好奇心が半分、暗闇に一人残されたくないという思いが半分だったにちがいない。

トリローニーは、『ユーラルーム』の手稿がかつて収められていた展示ケースのあるアルコーブへ向かった。そこで足を止めると、展示ケースの上面のガラスにランプの油壺の黒い影が落ちるようランプを頭の上まで持ち上げ、私たちが集まってくるのを待った。

「盗まれた手稿を捜そうとするとき、一番行かない場所といえば」と、トリローニーは言った。「手稿が本来置かれていた場所、つまり、元の展示ケースの中ではないでしょうか。では、第二の『盗まれた手紙』があるかどうか見てみましょう」

トリローニーはそう言うと、ガラスで覆われた展示ケースの内側まで光が通るようにランプを下げた。そこには『ユーラルーム』の手稿が置かれていた。

まさか、という息を呑む音があちこちから漏れ、トリローニーに向かって矢継ぎ早に質問が飛んできた。彼はできるかぎりでそれに答えた。というより、答えようとした。最後に、オストランダー教授がみんなより少しだけ声を張り上げた。

「ついに戻ってきたのですから、いまこそ、これが本物かどうかを判断する絶好の機会と言えるでしょうな。いかがですか？　ミスター・ルアク」

ルアク教授はわずかに体をこわばらせたが、少しの迷いもなく首を縦に振った。

「おっしゃるとおりです。一刻も早く決着をつけたいものです。何より私の名誉のために」

トリローニーが展示ケースの上面のガラスを持ち上げると――鍵はかかっていなかった――オストランダー教授が手稿を取り出し、上の端と下の端を注意深く持って、光にかざした。

「ランプをもう少ししっかり持っていてくれないか、ミスター・トリローニー」すぐさまオストランダー教授は言った。「ちらちらしすぎて、よく見えん」

トリローニーは言われたとおりにしようとしたが、なかなかうまくできなかった。まもなく、オストランダー教授がまた口を開いた。

「この紙の透かしには特許番号がない」オストランダーはきっぱりと言った。「紙の手触りと状態から判断するに、十九世紀前半に製造されたものと断言していいでしょう。ポオが使った可能性のある紙なのは疑いの余地がない。筆跡については本人のものだとミスター・ルアクのお墨付きがあるわけですから、この手稿は本物だという判断を迷うことなく私も支持しましょう」

オストランダー教授がルアク教授に手稿を渡すと、今度はルアク教授がそれを展示ケースに収めた。円卓の騎士が聖杯を手にしたらこんなふうに扱ったのではないか、と思える手つきだった。

トリローニーが展示ケースに鍵をかける――トリローニーがあらかじめ鍵を持っていたのに、私はあとから気づいた――と、私たちは閲覧テーブルの元の席に戻った。そのころになると、ランプの炎はひどく揺らめいて、暗くなったり明るくなったりをくり返した。

「さて、ようやく」トリローニーは先ほどと同じ、テーブルの上座を陣取って言った。彼の位置からは私たちと、受付机の後ろの書庫の入り口が見えていた。「手稿の問題が解決したところで、ここに集まっていただいた本来の目的に移りましょう。四件の殺人事件の解決です」

本題に入る前に全員が自分の話にしっかり集中しているか確かめるように、トリローニーはここで言葉を切った。と同時に、いまにも燃え尽きそうにいよいよ激しく明滅していたランプが、突如として最後の炎をまばゆく燃え上がらせ、驚いた私たちの表情がまるで風刺画のように不気味に浮かび上がった。

次の瞬間、ランプは消えた！

第四章　聞こえないかだって？　いや、聞こえる。ずっと聞こえていた！

暗闇が私たちを包むと同時に、あちこちで驚きの叫び声が上がり、キーッという椅子を後ろに引いて床と擦れる音も一、二か所から聞こえてきた。一瞬にして生じた混乱を、トリローニーの声が制した。

「落ち着いてください、皆さん！　怖がることはありません。ランプの油壺にあまり灯油が入らなかったので、燃え尽きてしまっただけです。ですが、隣の部屋にまだもう一つランプがありますから、送電線の復旧までは大丈夫でしょう」

いや、こうしているあいだも、暗闇の中で殺人者と一緒に座っているのかもしれないのだ。怖がらないわけはない！

私は自分の体ががたがたと震えて止まらなくなっているのに気づきはじめた。すると、隣に座っていたオストランダー教授もそれに気づいたらしく、腕を伸ばして私の手の上をぽんぽんと優しく父親のように叩いてくれたので、それまで彼のことを悪く言ったり思ったりしていたのを反省した。

「先週の金曜日から」と、トリローニーが再び話しはじめた。「重要な情報を隠しているだけでなく意図的に嘘をつき続けている人物が、今度は皆さんのなかに一人います。いまここに、これまで言ってきたことを撤回し真実を告げる機会を差し上げましょう。せっかくの機会ですから、いかがですか？」

トリローニーは一呼吸置いたが、誰も口を開かなかった。

「そうでしょうね」と、トリローニーはまた話しはじめた。「私の呼びかけに応じるということは、自分が人殺しだと認めることになりますからね。わかりました。やれるところまでやってみましょう。最初に事件のおさらいをしますが、皆さんのほとんどが知らないはずの新しい事実もおりませていきます。しかし、その前に、一つ明確にしておきたいことがあります。ポオ自身が『マリー・ロジェの謎』のなかで示しているとおり、どんなに優れた人でも『単なる偶然にしてはあまりに奇異に思えるため、知識人は受け入れてこなかったような偶然を目の当たりにすると衝撃を受けてしまい、そうした超自然的現象を漠然とだが慄《おのの》きながら半ば信じるようになる』ものです。今回の事件には、ポオの作品のこのテーマが衝撃的な形で表れています。

ですが、ポオの作品のまた別のテーマにもご注目いただきたい。象徴的であれ実際であれ、死者の復活です。復活の目的はたいてい、死者を死に至らしめた人物を混乱に陥れることです。『告げ口心臓』で聞こえてきた老人の鼓動、『お前が犯人だ』のおぞましい死体、そして、『アッシャー家の崩壊』のマデライン嬢を思い出してください。これらの物語を心に留めておいていただきたい。理由はあとからわかります」

トリローニーは再び一呼吸置いた。今回は、いま言ったことをよく頭に入れてもらうためだった。もし気を失うほど誰かを怖がらせるのが目的なら、そのもくろみは大成功だ。私はまさにそんな状態だった。

「三週間ほど前」突然、トリローニーは話しはじめた。「アーチー・シュルツは、『ユーラルーム』の手稿を自分の作った偽物とすり替えて本物をジャド・フィリップスに売ろうと思いつきました。フィリップスが、自分なら一万五千ドル払ったと公言したからです。警察に通報されるかもしれないので直接フィリップスと掛け合いたくなかったシュルツは、交渉の橋渡し役を見つけた。盗みで得た金を山分けすることになったこの橋渡し役が、殺人犯でもあるのです。

先週の金曜日、フィリップスはオストランダー教授から、手稿が本物かどうか見極めるのを手伝ってほしいと頼まれます。予期せぬ偽物疑惑が浮上したのです。本物だと主張すべきか、それとも偽物だと主張すべきか。どちらにせよ、説明が厄介な状況に立たされると思ったフィリップスは、橋渡し役を通して本物をシュルツに返し、真偽の確認が終わるまで展示ケースの中の偽物と置き換えておくよう指示しました」

続けてトリローニーは、四日前の夜にまさにこの場所で起こったことを話したが、偽物の手稿の紛失というジェイミーの関わった部分はうまく省略した。

「では、最初の殺人に移りましょう」トリローニーの声のトーンは変わらなかったが、そこにいた全員が何かが変わると思ったにちがいない。周囲の空気が張り詰めていくのを私は感じた。「シュルツはその受付机の後ろにある入り口を通って書庫へ入り、非常口のすぐ内側で電話の相手が来るのを待った。

ほどなく、非常口の扉がノックされた。おそらく事前に合図が決まっていたのでしょう」（このとき、図書館の巨大な漆黒の空間のどこかで、くぐもったノックの音がほんとうに響くのが聞こえた気がした。微かだがはっきり、コツ、コツ、コツと三回）「シュルツは鍵の役目をしている金属バーを押し下げて扉を開けると、外で待っていた男を入れた」（今度は誓ってもいい。同じような扉が開くときに聞こえるカチッという金属音に続き、重い扉がゆっくりと開く音がした。あの夜、書庫の入り口の内側で一人座っていたときに聞いたのと同じ音だった）

「偽造した手稿がなぜか消えていたこと、だからあえて本物をそこに置いてこなかったことを、シュルツはいま入ってきた男に説明した。それを知った男は、『展示ケースが空っぽなのをフィリップスとオストランダー教授が見つけたら、手稿があった部屋についさっきまでお前が一人でいたことは知られてしまっているのだから、最初に疑われるのはお前だぞ』とシュルツに言ったにちがいない。

そのあとのことは想像するしかありません。おそらく、シュルツがへまをしたことを巡って、二人は言い争いになったのでしょう。そして怖気づいたシュルツは、オストランダー教授が来たらすべてを話して大学の慈悲を請いたいと言ったのかもしれない。いずれにせよ、犯人——ここからはもう、そう呼びましょう——は、こんなパニック状態ではシュルツは自分にとってもフィリップスにとっても厄介者でしかないと判断した。逮捕されるか、いや、窃盗容疑で拘束されただけでも、洗いざらい話してしまうにちがいない。そうなれば、待っているのは面目失墜、失職——おそらくは刑務所行きだ。自分の身を守るにはシュルツを黙らせるしかない。

彼は、不意を突いてシュルツに襲いかかったにちがいない。抵抗した音がしていないからです。やるべきことを終えた犯人は、二台の書棚のあいだの壁に死体をもたせかけ、倒れないようにその前に梯子を置いた。高い棚の本を取るための書架用梯子です。発見をできるだけ遅らせるためでした」

トリローニーが沈黙すると、みんなの震えが聞こえてくるようだった。説明があまりになまなましいので、それぞれが自分なりに犯行の様子を目の前の暗闇に投影していたのだった。

「次は、ヘレン・ブラック殺害です」わずかな間のあと、トリローニーは続けた。「彼女が殺された理由は、皆さん、ご存じだと思います。二本目の電話の番号を思い出したからです。しかし、その番号に電話した彼女は、実際には犯人としゃべりませんでした。最初からそのつもりだったのです。呼び出し音を鳴らして、どこにつながるか確かめただけだった。それから、番号をまちがえたと嘘を言って電話を切った。

そうして次に起こることは、一連の事件のなかで唯一、偶然だったと思われます。確認の電話を終えて女子寮に帰ろうとしたヘレン・ブラックが犯人と遭遇したのです。

こんな夜中に外にいるのを事件に関わる一人に見つかってしまった後ろめたさで、彼女は思わず本当のことを話してしまったのかもしれないし、もしかしたら犯人は、いずれ電話番号を思い出すと踏んで、どのみち彼女を片づけるつもりだったのかもしれない。いま、わかっているのは、犯人が彼女を散歩に誘ったという事実だけで、おそらく、警察にも言っていない秘密を教えてあげるよ、などと言って誘ったのでしょう。彼女は疑いもせずついて行ったにちがいない。なにしろ、この男が人殺しとは知りませんでしたから。電話した結果、怪しい人物を三人に絞ってはいましたがね。

こうして、犯人はうまいこと彼女を物寂しい植物園に誘い込み、約束どおり秘密を明かした……シュルツを殺したのは自分だと明かし、さらに、同じ方法で彼女を殺して、それを証明した。そして、彼女の死体を真っ黒な池の水面に投げ入れた」

今度こそ、もう気のせいではない。水がバシャンと跳ね、ゴボゴボと何かの沈む音が聞こえたのだ！　おそらく、たんに建物の側面の雨どいから雨水が勢いよく流れ出る音だっただろう。そうとしか考えられない。いや、でも、それまではそんな音に気づかなかったのだから、おかしい。

ほかの人たちにも、その音は聞こえていた。居心地悪そうに体をもぞもぞと動かす気配がしはじめたので、まちがいない。トリローニーだけが気づかないらしく、話を続けた。

「次に起こるのは、学校教師だったミス・カッツの殺害です。彼女はジャド・フィリップスのコレクションのなかに『ユーラルーム』があるのを偶然見つけてしまったために殺されました。執事がフィリップスにかけた電話を聞いて、犯人は彼女が見つけたこと――というより、このあと見つけるのは避けられないこと――を知り、チェスナット・ヒルのフィリップスの屋敷へ大急ぎで向かった。もう一度、あの一仕事をしなければならないと。

ミス・カッツが死への招待状を発見した直後に犯人が到着したとしましょう。誰かが部屋に入ってきたので彼女が目を上げると、大学で机を並べる男性がいた。そこで、『こんなものがあったのよ』と無邪気にそれを指さした。

愚かなことをしたと気づいたときには遅かった。恐怖の悲鳴を上げるも、一瞬で首を絞め上げられ、閉ざされたドアの向こうまで声は届かず……」

そう言い終わらないうちに、遥か遠くから、しかしはっきりと、耳をつんざく恐怖の絶叫が全員に聞こえたかと思うと、すぐさま消え、まるでそれを発していた喉のまわりが手でぐいと絞められたようなグルグルという気味の悪い音に変わった！

このときばかりは、トリローニーも気づいたらしい。いきなり話すのをやめ、また音がしないか確かめるように動きを止めた。彼の姿はぼんやりとしか見えなかったが、暗い影の落ちるテーブルの上座で、書庫の入り口に向かって立つ彼の体がこわばっているのに私たちは気づいた。

そしてしだいに、直観のようなものによって、トリローニーは何かを聞いているだけでない、何かを見つめているのだと私たちは確信した。目の前の暗闇の中にある何かを見つめている。私たちもいっせいに顔をそちらに向けた。そして、それを見た。

私たちが最初に閲覧テーブルを囲んで座ったとき、受付机の後ろのスペースは漆黒の闇だった。ところがいま、その闇は、光とは言えないが少なくとも漆黒でない縦に細長い長方形によって切り裂かれていた。長方形はみるみる広がり、不気味な光を放つかのようにまでなって、やがて、小さなテーブルと二脚の椅子の輪郭がぼんやりと見えてきた。書庫の入り口だ！

すると、もう一つ、何かが見えた。狭い通路をこちらに向かってくるのは、火の灯った蠟燭を手にした人間の姿だ。筋肉を動かす気配もなく一定のスピードで迫ってくる。受付机があって足が見えなかったので、歩いているというより浮かんで流れてくるようだ。きちんとしたシャツブラウスにスカート、ネズミ色の髪は引っ詰められ、うなじで束ねてあるにちがいない。しかし、そのきちんとした服には埃と煤《すす》が筋《すじ》状でへばりつき、ネズミ色の髪はばらばらと束になって乱れて落ち、蒼ざめた顔に垂れ下がっていた。

あの顔は！　近づいてくるにつれ、部屋にいた誰もが、その顔を認めた。わずかなワシ鼻、化粧っ気のない頬と唇、古臭い銀縁の眼鏡。カッツィーの顔だ。ここにいる少なくとも四人が、たった二日前にその凄まじい死に姿を見たカッ、ツ、ィ、ー、ではないか！

書庫から閲覧室へ続く入り口まで来ても、その姿は止まらず、ぐらつきもせず前進し、受付机の脇の柵を、そんなものは存在しないかのように通り抜け、私たちのいるテーブルにまっすぐ向かってきた！

ぼんやりした長方形が現れはじめた瞬間から、部屋にいる全員の話す機能も動く機能も突如麻痺してしまったように、ただならぬ静寂が続いていた。この世にいるはずのない人間が受付机と閲覧テーブルのあいだまで来たとき、ガラガラと椅子のひっくり返るけたたましい音が響き、かすれた声が闇をつんざいた。

「うそだ！」その声は叫んだ。恐怖のあまりひどく歪《ひず》んでいたので、誰の声なのかわかったのはトリローニーだけだったにちがいない。「ありえない！　あそこへ突っ込んだときに、あの女は死んだ！　死んでいなかったとしても、煙突の中に五分もいれば……」

トリローニーの声が、その声を制した。

「そこまでだ！」トリローニーは叫んだ。「捕まえてください、巡査部長！　もう電気をつけていいよ、ジャクソン君」

図書館の電灯が点いて、突然明るくなったので、私たちはしばらく目が眩んでいた。明るさに慣れてくると、近くの書棚を背にしてうなだれ、ブーン巡査部長から鋼《はがね》の手錠を手首にかけられるままになっている男がいた。

クライド・ウッドリングだった。

エピローグ　ユリイカ

わたしがここに提唱していることは真実です

「ありがとう、ミス・ソーンダイク。素晴らしい演技だったよ」と、トリローニーは言った。いったい何が起こったのか、気が動転して完全には理解していなかったクライド・ウッドリングがジャクソン刑事とブーン巡査部長に連れていかれてから十五分か二十分ほどが経っていた。

「でも、あのとき」トリローニーは苦い笑いを浮かべた。「彼は僕たちの演技にも動じない神経の持ち主なんじゃないか、と一瞬頭をよぎったよ。もしそうだったら、一体どうなっていたことやら」

ジーン・パットはにっこり笑いながらも、体は微かに震えていた。ネズミ色のかつらと舞台さながらの化粧は取っていたものの、哀れなカッツィーのシャツブラウスとスカートは身に着けたままだった。

「あたしの神経のほうがどうにかなっちゃう寸前だったってこと、考えてくれてもよくてよ、トリローニーさん」と、ジーン・パットは言った。「あたしがこっそり書庫に行けるようにトリローニーさんがみんなをアルコーブに連れていったとき、それはもうドキドキして、受付机の脇の柵を後ろに固定しておくのを忘れるところだったんですから。硬い柵も通り抜けて出てきたみたいに見せるっていう、あの作戦のね。先週の金曜の夜のアーチー・シュルツのことが頭に浮かんじゃって……」彼女は突然ぶるぶる震えだし、止まらなくなってしまった。

それに気づいたジェイミーが急いで話題を変えた。

「トリローニーさん、もし時間があったら、どうしてウッドリングが犯人だってわかったのか教えてもらえませんか？　犯罪の心理的人物描写とかっていう方法を使ってるって聞いたんですが」

トリローニーはうなずいた。

「そうだよ。先週の金曜日の夜、手稿に少しでも関わりのある人を図書館のこの場所に集めたのは、そのためだったんだ。全員を直接観察したかったんだよ」

「そこで、何がわかったのかね？」オストランダー教授が興味を示した。

「信じられないかもしれません――ブーン巡査部長が聞いていたら、絶対に信じないでしょう――が、ウッドリングが一番怪しいと、ほぼその場で察しをつけていました」と、トリローニーは答えた。「心理面から見ると、手稿を盗みたいという一番強い動機を持っていたのは彼ですからね。そして、言うまでもなく、そこから殺人の動機が生まれた。フィリップスだったら払ったはずの金額を大学に払ってもらえなかったのは不当だと彼は感じていた。そういうわけで最初に犯した罪は、彼の目から見れば、ある意味、正当だったのです」

「ちょっと待ってくれ、テッド」グリーアソン検事が口を挟んだ。「君はさっき、手稿を盗んで偽物とすり替える計画を立てたのはシュルツだったと言ったと思ったが」

「たしかに」トリローニーが答えた。「だが、シュルツは、そんな計画をとても一人で実行できる男じゃなかった。それだけの度胸はありゃしない。金曜の夜、いんちき手稿が消えているのを見つけてパニックになったというくらいだからね。それでも、そこそこ人を見る目があった彼は、自分の計画を手伝ってもらうにはウッドリングがうってつけだと判断した。だが、唯一の判断ミスは、ウッドリングがこうした計画にただ手を貸すだけじゃ満足しない男だったということだ。指揮官になりたい男だからね。

ここで、皆さん、疑問に思っていることがあるでしょう」私たちの心を読んだように、彼は続けた。「ウッドリングがこの計画の当事者なら、手稿は偽物とすり替えられたのではないかなどと、どうして自分から言い出したりしたのだろうと思っているのではありませんか。それについては、こう考えます。手稿が本物だったかどうかという疑問がいずれ必ず生じることはわかっていた。それなら最初にそう言い出して、疑いの目を自分から逸らそうと考えたのです。しかし、私が彼を怪しいと思ったのは、まさにこれが理由でした。ほんのちょっと、やりすぎでしたね」

そう言うとトリローニーはパイプを取り出したが、図書館内は禁煙なのを思い出して、残念そうにしまった。

「カーニー君がたったいま、犯罪の心理的人物描写という話をしてくれましたが、正確には、犯罪に表れる犯罪者の心理的人物描写ということになります。今回の事件の人物描写を簡単に述べていきましょう。

まず、例の手稿にこだわりがある人物であること。

次に、ポオの作品に精通した人物であること。

三番目に、想像力に富む人物であること。

四番目に、分析力に優れた人物であること。金曜日の夜、そしてフィリップスの執事から電話を受けた日曜日の午後、その状況が意味するところをあれだけ素早く理解するというのは、相当な分析力の持ち主です。

五番目に、頭の回転が速い人物であること。フィリップスの件を除いては、ほぼ瞬間的に犯行に及んでいます。つまり、前もって考える時間はほとんどありませんでした。

六番目は、声色《こわいろ》がうまい人物であること。執事さえ騙せるほどフィリップスにそっくりの声を出したのですからね。これは心理的特徴と言うより生理的特徴とでも言うべきかな。こんなところでしょうかね」

「この六つのポイントから」オストランダー教授が疑っているような口調で言った。「犯人を割り出したというのかね？」

「ある意味、そうです」トリローニーは答えた。「もちろん、ほかにも要因はありました。それをお話しする前に、どうしてウッドリングだけが心理面から犯人に当てはまったのか説明していきましょう。

最初の、手稿について。手稿に並々ならぬこだわりを持っていた人物は三人――ルアク教授とフィリップスとウッドリングです。次に、ポオの作品に精通していたのは誰か。実際には、全員の名がこの項目には並ぶので、これはあまり役に立ちません」

「でも」と、私が口を挟んだ。「ポオに詳しいだけじゃなくて、ポオに傾倒してなきゃだめだと思ってたわ」

トリローニーは首を横に振った。

「それは、僕じゃなくてウッドリングが言ったんだろう。きっと容疑がルアク教授にかかるように、わざと言ったんじゃないかな。彼はルアク教授に五千ドル損させられたくらいに感じていたはずだからね」

それを聞いてルアク教授は何かぶつぶつ言ったようだったが、発言は控えた。

「つまり、殺し方が小説と似ていたのは意図的だったんだな?」グリーアソン検事が訊いた。

「僕が考えるに」と、トリローニーは答えた。「最初の二つは単なる偶然だろう。ところが、これが意図的だったら犯人の心理を知る手がかりになると僕が言ったのを、ミス・パイパーがウッドリングに話した。そこで、あとの二つの犯行では、それを意識したにちがいない。しかも、さっき言ったように、ポオの小説に見立てた犯罪を一番実行しそうなのはルアク教授だと思ったんだろう。そういうわけで、これはチャンスとばかりに、疑いの目が自分から逸れ、ほかの誰かに向くようにしようとした。では、二番目についてはここまでにして、次へ進みます。

三番目と四番目は、優れた想像力と分析力です。ミスター・カーニーも前者は持っていた。だけど、厳密に言えば、彼の場合は想像力というより空想力で、しかも後者は持ち合わせていない。後者があったなら、いずれ困ったことになるのは予想できただろうに——まあ、その話はいいとして」トリローニーはさっさと話題を戻した。「とにかく、彼にはその能力はなかった。一方で、ルアク教授は、分析力は持っていたが、ここで求められるような想像力を持つタイプではなかった。ルアク教授にとっては、愛する作家の作品をそんな目的に利用するなど冒瀆に等しかったでしょう。ウッドリングはこの点を考慮しなかったんです。ほかの皆さんについては、気分を害さないでいただきたいが、どちらの能力もここで必要なほどは持っていないように感じたのです。ウッドリングだけが優れた想像力と優れた分析力の両方を持っていた。金曜の夜と土曜の朝と日曜の午後に、非常に理に適った説明を展開して、その能力を見せてくれました。

五番目の頭の回転の速さについては、金曜の夜にミスター・カーニーにも素晴らしい頭の回転を披露してもらい、楽しませてもらいました。でも、あの時点で、カーニー君は犯人じゃないと確信していた。理由はいちいち説明しませんが。一方でウッドリングも今日の午後、ブーン巡査部長に逮捕されるかもしれないと知ったとき、同じくらいみごとに頭の回転の速さを見せてくれた。自分の身を守るために、ほぼ完璧な推理を一瞬にしてつくり上げ、ミスター・カーニーを容疑者に仕立てたんです」

「なんだ、あの野郎……」とジェイミーは言いかけたが、その怒りを表せるだけの言葉を見つけられずに黙ってしまった。

　トリローニーは、「お察しするよ」とでも言うように、にやにやしながら先を続けた。

「六番目は声色《こわいろ》のうまさです。さほど聞き慣れない人の声なら、電話越しだと人違いはよくあります。ですが、執事はフィリップスの声を聞き慣れていた。しかも、事情を聴いたときは、自分がまちがえたとさえ思っていない様子だった。そこで、考えられる解釈は二つに絞られる。執事が言ったとおり彼は実際にフィリップスと話したか、もしくは、フィリップスの身近にいる人さえ確認しようと思わないほどフィリップスそっくりの声を出せる人間と話したか。しかし、フィリップス本人が殺され、容疑者から除外されて、最初の可能性は消えた。したがって、二番目の可能性だけが残った。今日の午後、ウッドリングはミス・パイパーと私の前で、あるラジオ・コメディアンの声をふざけてまねてた声色のうまさを披露してくれました（本書二〇一頁参照）」

「ああ、そういえば！」私は思わず大声を出した。「土曜日の朝、ヘレン・ブラックの声もまねてたわ！　でも、まさか彼が……」

「そりゃそうさ、ピーター」と、トリローニーは言った。「日ごろから接している人を人殺しだなんて思わないのが普通だよ。しかも、謎の解明にあんなに積極的に協力していたんだから、ごまかされて当然さ。ただ、僕から見れば、ちょっとやりすぎだったね。彼は嘘っぱち『推理』のなかで、自分が情報を隠していないかぎり、犯罪学に精通していなけりゃ言えないような事件の読みを披露していた。そして、先ほどお話ししたとおり」と、トリローニーはほかの人たちのほうに向き直って話を続けた。「彼を怪しいと思わせた要因は、ほかにもいくつかありました。まず、ウッドリングはポオ・コレクションを見るために以前にも何度かフィリップスの屋敷を訪れていたと執事が証言し、ウッドリング自身も同様のことを言っていた点です。ここで彼とフィリップスとのあいだに何かしらのつながりができました。ウッドリングは、フィリップスのことはそれほど知らないと主張していた一方で、執事とは名前で呼ぶほど親しかった。つまり、フィリップスとのつき合いは、本人が装っていたよりずっと深かったことを窺わせ、二人の関係が何を意味するかは見逃せませんでした。

さらに、犯人がフィリップスの屋敷に入って、ミス・カッツを殺し、見つからずに出ていったというのは非現実的だった。いずれにせよ、そんな危険は冒さないでしょう。普通に堂々と玄関から入るしかないはずです。ミス・パイパーと私が来る前に普通に玄関から入っていたのはウッドリングだけでした」

「ちょっと待ってくれ、テッド」グリーアソン検事がまたもや口を挟んだ。「その三番目の殺人がどう行われたのか、僕にはまだわからない。ウッドリングが来たのは早くても三時四十五分だったと執事は証言してる。カッツという女性が殺されたのは……」

「三時四十五分から四時のあいだの」と、グリーアソンが話し終らないうちにトリローニーは答えた。「はずなんだよ、トム。そうとしか考えられない。だが、それより前に殺されたとウッドリングはわれわれに思わせようとした。たったいま人を殺した現場で犯人が静かに座って本を読んでいるなんて誰だって思わないからね。ほら、ドラッグストアでヘレン・ブラックとばったり会った話もそうだったけど、明らかにその場所にいた事実を利用して、それを隠そうとしない既成事実をつくって、潔白だと思われるように備えてたんだ。もっとすごいのは、日曜の午後、みんなのいるところで平然と手稿を持ち去っていたことだ」

「フィリップスは、そのことをわかっていたのね」と、私は言った。「だから、きのうの午後、クライドと約束して、手稿を返してもらおうとしたのね。でも、最初の約束は何だったのかしら？　日曜の午後の」

「その理由はウッドリングも知らないんじゃないかと思うんだよ、ピーター。でも、推測は可能だ。フィリップスは、シュルツとミス・ブラック殺害の犯人はウッドリングじゃないかと疑いはじめていて、それを確かめたかったというのが僕の推測だ。そして、日曜の午後の事件で確証を得たので、君の言うとおり、ウッドリングが持っていったにちがいない手稿を返してほしいと月曜日にまた電話した。ここでウッドリングは、自分の身を守るにはもう一人だけ殺さなきゃならないことに気づいた。以上が、クライド・ウッドリングを犯人だと指摘する論告ってとこかな」とトリローニーは話を結んだ。

「思うんだがね、テッド」グリーアソン検事が言った。「今回の捜査で、君はずいぶんと汚い手でブーン巡査部長を引っかけようとした。けさの時点でウッドリングが犯人だとわかっていたなら、巡査部長が逮捕すると言ったとき、なぜ彼は潔白だとあんな必死に巡査部長を説得しようとしたんだ？」

「ウッドリングが潔白だなんて、誰のことも説得しちゃいないよ」と、トリローニーは答えた。「容疑が固まったとは言えないのを二人に説明しようとしただけだよ。一つに、誤った動機を根拠にしていたこと。ウッドリングはあの借金の話が持ち出されて、それが動機だと言われたときの反証をあらかじめ慎重に用意していたんだ。もう一つは、ミス・カッツ殺害の説明ができていなかったことだ。もちろん、この二点を、あの場で巡査部長にぶつけてもよかった」グリーアソンがまた口を挟もうとしたので、トリローニーは急いで続けた。「いずれにせよ、すべては状況証拠にしか基づいていなかったし、陪審員を説得するのはほぼ無理だっただろう。裁判で無罪が確定すれば、たとえ自分がやったとウッドリングが公言しても一事不審理によって、再審はされない。有罪を確実にするには、ミス・カッツ殺害の自白が必要だった。彼がフィリップスの屋敷に到着したあとに彼女が殺されたことを証明するのは、実際には不可能だろうからね。自白がなければ、彼の起訴は総崩れになったはずだ。そこで、今日の午後、ミス・パイパーが言ったことを聞いて、自白させる方法を思いついた」

「わたしが言ったこと？」私は驚いて言った。

「そうさ、ピーター」と、トリローニーはうなずいた。「ポオなら探偵デュパンにこういう事件をどう解決させただろうって話をしてたとき、ポオに頼んで力を貸してもらいたいものだと君は言っただろう。それでひらめいて、実行することにしたんだ。ウッドリングが作った筋立てに乗っかって、また別のポオの小説を持ってきて、大団円が迎えられるようなストーリーを組み立てたってわけさ」

「そのストーリーが展開しているとき、『アッシャー家の崩壊』のクライマックスだと気づいたよ」ルアク教授が無表情で言った。そういえば、明かりが消えているあいだ、あのなかでルアク教授だけがそれほど怖がっている様子がなかった。「実にみごとに当てはめたものだね、エドワード君」

「もう一つだけ、教えてほしいことがある」グリーアソン検事が、ちょび髭の先を引っぱりながら言った。「いったいどうやって、あんなにタイミングよくランプが消えるようにしたんだ？　単なるラッキーな偶然か？」

「偶然なもんか！」トリローニーは声高に言った。「とにかくきっかり三十分間燃えているようにするには灯油と水をどれだけ油壺に入れればいいか、まるまる二時間も実験したんだ」

「分析家は」誰に言うでもなく、ルアク教授がポオを引用した。「必ず創意工夫が得意だ」

トリローニーは、それに応えてにっこり笑った。ここで、全員がまるで申し合わせたように、立ち上がって帰ろうとした。私たちがコートや雨具を着ていると、トリローニーの説明が始まってから少なくとも私たち三人が恐れつづけていた話題を、オストランダー教授が我慢しきれず持ち出してきた。

「もし教えてもらえるなら、エドワード君」教授はみんなに聞こえるように言った。「まだ説明してもらっていない謎がもう一つ残っているんだが。アーチー・シュルツが偽造した手稿の紛失のことだ」

トリローニーは顔色一つ変えなかった。

「あの手稿の紛失は殺人とは無関係でしたので」興味がなさそうに彼は答えた。「ですから、今回の事件の説明では、取り上げる必要はないと思ったんです。解明したところで誰の得にもなりませんから」そして、わざとジェイミーとジーン・パットのほうを見ないようにして、最後にこう言った。

「それは謎のままで良しとしようではありませんか」

訳者あとがき

本書はアメリア・レイノルズ・ロング（一九〇四～一九七八）が一九四四年に発表した“Death Looks Down”の全訳です。

Death Looks Down
（1944,Ziff-Davis）

各編のタイトルはエドガー・アラン・ポオの代表作のタイトルになっており、また各章の冒頭の一節は編のタイトルの作品のなかの一節です。ポオの短編小説に見立てた連続殺人事件を解決する本作品ですが、この原題を見て、「はて、“Death Looks Down”というタイトルのポオの小説があっただろうか？」と思われた読者もいるのではないでしょうか。ポオの作品を調べたところ、短編詩「The City in the Sea」（「海の中の街」、一八四五年）のなかに次のような一節を見つけました。

While from a proud tower in the town
Death looks gigantically down

海底に広がる廃都を描写した詩で、「また、この街の荘厳たる塔からは、覆いつくすがごとく死が見下ろしている」と読めるこの一節は、本作品中に出てくる大学構内の時計塔を思い起こさせます。歴史ある大学の象徴であるカレッジ・ホールの時計塔の上から、死に神が事件の一部始終を操っていたのかもしれません。

モチーフとなっているポオの怪奇小説や推理小説の陰鬱さとは裏腹に、物語は海外の学園ドラマのようにテンポよく展開します。

さて、本作品の語り手であるピーターですが、最初に登場人物紹介がなければ男性だと思ってしまうところです。本名はキャサリン・パイパー。マザーグースの早口言葉「ピーター・パイパー」に由来するあだ名でしょうか。漫画の主人公の名前などから同じようにあだ名をつけることは私たちにもよくあり、登場人物たちにぐっと親近感が湧きます。また、作者のロングは、William L. Crawfordという作家と共同でピーター・レイノルズというペンネームで作品を発表しています。ピーターという名前にこだわりがあったのかもしれません。作品中のピーターもミステリ作家であり、ロングが自分自身に重ね合わせているのはまちがいないでしょう。

舞台は一九四〇年代のペンシルバニア州フィラデルフィア大学。フィラデルフィア大学は実在の大学ではありません（現在、同名の大学がありますが、当時は名称が違いました）。しかし、作品に出てくる地名、通りの名前、また象徴であるカレッジ・ホールの存在から、これはロングの母校であるペンシルバニア大学だと思われます。ともにアイビーリーグに属するプリンストン大学とのバスケットの試合からもそれが察せられます。また、古さを思わせる描写はほとんどありませんが、たびたび登場する電話交換手、スイング・ミュージック（本書一一二頁）、巡査部長が口にするP・W・A（本書一〇七頁）に時代を感じます。P・W・Aはニューディール政策の一環として一九三三年から四四年まで大規模公共事業を担った公共土木事業局（Public Works Administration）の略語と思われます。

本作品に出てくるポオの小説について、ごく簡単にあらすじを紹介したいと思います。

一冊目の『アモンティラードの酒樽』は復讐の物語です。フォルトゥナートに恨みをもつモントレゾールはカーニバルの夜、道化師の出で立ちで酩酊したフォルトゥナートを見つけると、アモンティラード（ワインの名前）が手に入ったと嘘をつき、彼を自分の屋敷の地下室の奥へと誘いこむ。アモンティラードはもっと奥にあると言いつづけ地下墓所まで連れてくると、いちばん奥の部屋の中の、さらに狭い小部屋の壁にフォルトゥナートを鎖で縛りつけ、小部屋の入り口に石を積んで塗り固めていく。最後に、フォルトゥナートの帽子についた鈴の音だけが聞こえてくる……。

二冊目の『マリー・ロジェの謎』は、ピーターが力を借りたいと言ったデュパンが事件を解決する作品です。マリー・ロジェという名の若く美しい娘が失踪から四日目に惨殺死体となってセーヌ川で発見される。警察の捜査が行き詰まるなか、デュパンは現場に足を運ぶことなく、いくつかの新聞記事だけをたよりに鋭い観察力で犯人を導き出す。

デュパンが登場する作品は『モルグ街の殺人』、『マリー・ロジェの謎』、『盗まれた手紙』の三作しかありません。三冊目の『モルグ街の殺人』は、ポオと聞いて最初に思い浮かべる作品ではないでしょうか。モルグ街に住む母娘の家から夜中に悲鳴が聞こえ、二人が惨殺されているのが発見される。見るも無残な傷を顔と体に負い、娘は室内から煙突の奥に逆さまに突っ込まれ、母は住居である建物の四階から中庭に投げ落とされている。新聞記事を読んで現場を訪れたデュパンは、持ち前の観察力で犯人を突き止める。犯人の正体とは……。子どものころに読んで印象に残っている方も多いと思います。もし犯人を忘れてしまっていたら、ぜひもう一度、作品を手に取ってみてください。

デュパンが主人公の三作目は、本書の五冊目第三章でトリローニーが言及する『盗まれた手紙』です。宮廷の貴婦人に宛てられた秘密の手紙が、婦人の目の前でD――大臣に持ち去られる。内々に依頼を受けた警視総監は、手紙を取り戻すべく大臣の屋敷を家具の隅々から絨毯の裏までくまなく捜すも、手紙は見つからない。警視総監から話を聞いたデュパンは大臣のもとから見事に手紙を取り返し、一か月後、警視総監に手渡す。手紙は隠されていなかった。最初から人目につきやすい場所に置かれていたのだ。大臣の思考をデュパンが鋭く分析した結果の発見だった。

四冊目は『メッツェンガーシュタイン』です。メッツェンガーシュタイン家の城には、先祖たちにまつわる華々しい歴史がところ狭しと描かれたタペストリーが飾られている。あるとき、一つの図柄が若き城主フレデリックの目に止まる。長年いざこざの絶えないベルリフィッツィング家の祖先をメッツェンガーシュタイン家の祖先が殺め、息絶えた主人のもとに巨大な馬がたたずむ場面だった。その直後、一頭の暴れ馬が城の付近に迷いこみ、同時にタペストリーから例の図柄が消えているのが発見される。孤独なフレデリックは持ち主不明の狂暴なこの馬を溺愛し、片時もそばを離れない。ある嵐の夜、メッツェンガーシュタイン城の胸壁が激しい炎に包まれ、馬はフレデリックを乗せたまま燃えさかる炎に突進して姿を消す。

五冊目は、ピーターが子どものころに読んで大きなショックを受けたという『アッシャー家の崩壊』です。もしかしたら、これもロング自身の体験なのかもしれません。少年時代の親友で、代々続く名家を継ぐロデリック・アッシャーから手紙を受け取った語り手は、数年ぶりに彼の屋敷を訪れる。

精神を病んでいたロデリックを元気づけるため、語り手はしばらく屋敷で彼とともに過ごすが、屋敷にはもう一人、重い病にかかった妹のマデライン嬢が住んでいた。ある日、妹が死んだとロデリックに告げられ、語り手は彼と二人でマデラインの亡骸を棺に納め、屋敷の地下に安置する。妹の死から八日経った夜、錯乱したロデリックが妹を生きながら葬ったことを告白すると、死装束を着けたマデラインが現れて、兄に覆いかぶさるように倒れこみ、兄妹はともに息絶える。屋敷から逃げ出した語り手が振り返ると、血のように赤い満月が発した光を受け、屋敷は崩れ落ちた。トリローニーはこの作品の最後の場面を再現して、犯人に罪を告白させようとしたのでした。

ポオが編集に携わっていた『グレアムズ・マガジン』（本書一二三頁。Graham's lady's and gentleman's magazine）は、日本国内でも公立図書館経由で手続きすればいくつかの大学図書館の書庫（！）などで手に取ることができます。ポオによる文筆家のサインについてのエッセイ（本書五〇頁）も実際に見ることができます。ただし、復刻版ですので、残念ながら、几帳面な文字で詩が書かれた色褪せた紙が挟まれていることはないでしょう。

ポオの作品については、言うまでもなく、著名な翻訳家による訳書が数多く出版されています。本書にはポオの作品の引用が多数出てきますが、これらの訳につきましては既存の訳を参照しながら新たに訳出しました。

最後になりますが、論創社と訳者をつないでくださった英文学者の井伊順彦先生に深くお礼申し上げます。

また、ロングという日本で未訳の作家の作品を訳す機会をくださった論創社の黒田明氏と林威一郎氏、本作を推薦してくださった解説者の絵夢恵氏に心からお礼申し上げます。
そして、長年、ともに勉強し、励まし合ってきた「ＮＣＴＧ翻訳勉強会」の皆さん、ありがとうございました。

二〇一六年十二月

貸本系アメリカンB級ミステリの女王

絵夢　恵（幻ミステリ研究家）

1. はじめに

この度、ついにアメリア・レイノルズ・ロングのミステリがわが国に紹介されることになった。この作家、わが国でご存じの方はほとんどいないであろう。本国アメリカやイギリス、フランス等でも、その作品が一定の人気を集めたのは一九五〇年代までで、その後はリプリントもされていないと思われる。しかし、この未知の女流作家は、少なくとも四つのペンネームを駆使して、三〇冊あまりの本格ミステリを残したその道の大家なのである。その道とはどの道か……。ここが今回の解説のキーポイントであるが、その答えは『貸本系アメリカンB級ミステリ』ということになる。

わが国にも貸本漫画などというジャンルがあるが、英米ミステリにおいても、一九三〇年代から四〇年代にかけて、大衆娯楽の代表格として貸本スタイルが流布し、通常は、二ドルするハードカバー本が安価で貸し出され、人気を博した。この種のものの通例として、読者層のニーズに合わせて、怪奇オカルト趣味たっぷりの猟奇もの、不気味なトリックを使った連続殺人もの、低俗ハードボイルドぽいが最後は一線を譲らぬ本格ものが数多く含まれている。わが国でいえば、江戸川乱歩や横溝正史の大衆向け通俗推理小説を思わせる雰囲気たっぷりなわけである。このような貸本系ミステリには、そのための専門出版社ができあがっており（というか、目ざとい通俗出版社が貸本業者と連携して読者受けする通俗ミステリをどんどん刊行したということなんでしょうが）、その代表格がフェニックス（Phoenix）社であり、そのトップスターがこのアメリア・レイノルズ・ロングということになる。

2．フェニックス社について

フェニックス社が貸本用ミステリ出版に手を染めたのは一九三六年のことのようである。それまでも、グリーンバーグ（Greenberg）社やアルカディア・ハウス（Arcadia House）社といった貸本出版社が既にあり、主にウェスタンやロマンス小説を出していたわけだが、この業界に足を踏み入れたフェニックス社は、これらに加えて、ミステリを主要分野の一つに取り込んだことが大きな特色となり、その後一九五二年に倒産して、その権利をアルカディア・ハウス社に譲り渡すまで、一貫してその姿勢を貫いてきた。フェニックス社については、ビル・プロンジーニが、一九八二年に、B級・C級ミステリを対象にした評論集"Gun in Cheek"で、「その種の作品の宝庫で、ほとんどの出版作がどうしようもない」と貶して（褒めて？）以来、普通の日本人は（多分、英米人も）敬遠してきたことと思われる。ここでも、『その種の作品』というのがキーワードになっており、ミステリに文学性や高踏性を求めず、一時の刺激や興奮を求めるのであれば、「その種の作品」の宝庫なわけであるから、晴れて極楽世界に足を踏み入れることが可能になる。

フェニックス社のミステリ出版数は一八〇冊を超えており、そのうちの半数程度の作品が、戦時中の四〇年代前半を中心に、粗悪紙に極小活字を埋め込んだ、価格わずか二五セントのダイジェスト版ペーパーバック（通常のペーパーバックより版型が大きいが、ページ数は一〇〇ページ前後しかな

1939年から1943年頃にかけて使用されたフェニックス社のロゴ

い）として若干アブリッジされて再刊されたことからも明らかなとおり、かなりの人気を博したものと思われる。フェニックス社のミステリの特色といえば、前述のとおりの作品内容は措くとして、読者の目を引く奇抜な題名と作者名（作者名も適当に作ってしまったものが多いようである）、ケバいジャケット、悪魔が鎌を振り上げたロゴ（これは三九年から四三年頃までに限られるが、時代によって何パターンもある）が挙げられる。

そして、このフェニックス社から二六冊もの長編を出したのが、アメリア・レイノルズ・ロングということになる。ほかに、同社から多数の作品を出版した作家としては、ローカル色豊かな不気味系本格ものを得意にしたロバート・ポートナー・ケーラー（Robert Portner Koehler）が一四冊、ダットン（Dutton）社との契約を打ち切られてフェニックス社に流れ着いた末、アメリカでは出版お断りということになってしまい、イギリスでもワードロック（Ward Lock）社との契約を打ち切られてからは、もっぱらスペインとポルトガルでの出版で命をつなぐことになったハリー・スティーヴン・キーラー（Harry Stephen Keeler）。ダットン社時代の「ワシントン・スクエアの謎」が論創社から刊行）が九冊で、その他の作家は、せいぜい数冊レベルである。いかにロングがフェニックス社の四番バッターとして重宝されていたか一目瞭然であろう。ちなみに、一冊のみを残してはかなくも消えた作家も数知れず、さすがは、マイナー出版社だけあり、売れ行きが悪ければ、直ちに切るなり、別のペンネームで執筆させるなりしていた模様である。もっとも、若手作家の登竜門になっていたのも事実のようで、フェニックス社でデビューして、すぐメジャーに移籍した作家も少なくない。

3．アメリア・レイノルズ・ロングについて

ロングについて知りたければ、今は亡き本格ミステリ同好会〈ＲＯＭ〉の会報一二〇号が決定版というべき資料になる。故・加瀬義雄氏主催の〈ＲＯＭ〉は、その後半期には、会員から編集者を募り、濃厚きわまりない特集号を刊行していたが、二〇〇四年六月に出された一二〇号は、「American Minors—Phoenix Writers & Others」と題する特集を組み、そのパート1で、浜野博之氏がなんと八〇ページにわたりロングの紹介と長編三一作の全作解説を試みている。私ですらまだ数作読み残しているものがあるのに、世の中には凄い人がいるもので、本当は、浜野氏にこの解説を試みていただきたかったところである。実は、アメリカでも、Richard Simms や Chet Williamson といった方々がロングに関する論文を書いており、要するにこのロングという作家、ある種の人にとっては、いったん捕まったら逃げられない魔力を放っているといえよう。以下、この項で紹介する情報のほとんどは、これらの各文献によっている。

ロングは、一九〇四年にペンシルバニア州で生まれ、一九三〇年代にＳＦを中心としたパルプ雑誌に短編を発表し始める（ＳＦマガジン一九六二年二月号に掲載された『オメガ』は、これまでわが国

で唯一翻訳された作品であるが、これも一九三二年に*Amazing Stories*誌に発表されたものである)。同年代後半からミステリを書き始め、一九三九年の"The Shakespeare Murders"を皮切りに、フェニックス社から続々と長編を刊行し、他社と浮気をした四作を除いて、一九五二年のフェニックス社倒産まで、ひたすら同社との蜜月関係を維持している。ちなみに、本作は、ジフ・デイヴィス(Ziff-Davis)社と浮気をして刊行された作品であるが、シリーズ・キャラクターも維持されている上、作風もフェニックス社時代と全く変わらず、なぜ別の出版社から刊行されたのかよく分からない。ロングは、この当時(一九四四年)、一年に四作も長編ミステリを発表しており、さすがの売れっ子とはいえ、同一出版社では年四作はさばききれず、他社に譲ったという辺りが真相であろうか。

こうした問題を解決するためか、ロングは、一九四五年以降は、ロング名に加えて、パトリック・レイン(Patrick Laing)、エイドリアン・レイノルズ(Adrian Reynolds)、カスリーン・バディントン・コックス(Kathleen Buddington Coxe)名でも作品を発表し始め、合計4つのペンネームを駆使して(注)、大車輪の活躍を見せることになる。いったいどこにこれほどのエネルギーがあったのか不明であるが、ことに作者名と同一の盲人探偵パトリック・レインが活躍するレイン名義の作品はクオリティーが高く、"Murder from the Mind"や"If I should Murder"などは、ぜひ訳出してもらいたい傑作である。

一九五二年のエイドリアン・レイノルズ名義による"The Round Table Murders"を最後に、ロングはミステリ界から足を洗い、その後は詩と教科書編纂に専念し、一九七八年にその生涯を閉じた。

ロング名義の作品に登場するシリーズ探偵は三名である。まずは、処女作以降九作に登場するのは赤毛の犯罪心理学者エドワード・トリローニー。次に、当初はトリローニーの助手的役回りで登場し七作に顔を出す新米女流推理作家のキャサリン・パイパー嬢（愛称ピーター）。最後は、兄は検事、自身は弁護士のステファン・カーターで、七作に登場し、法廷で兄弟対決を演じたりする。これらは、それなりに特徴的なキャラクターではあるが、作品の骨格を形作るような強力な個性は残念ながら持ち合わせておらず、意外と記憶に残りにくい。前述のレイン名義の六作品に登場する盲目の心理学者パトリック・レインは一人称スタイルで自身の視点から事件を語るので例外だが、これを除くと、エイドリアン・レイノルズ名義の三作に登場する、大学で英文学を教えるデニス・バリー教授も含めて、人間的な心情がきちんと描写されておらず、感情移入しにくいことがその理由といえよう。この点は、ロングの作品全般によく言われるところで、要するに、事件は巧みに描写されていても、人間は描けていないということであり、これが、多数の人気作を発表しながら、ロングが貸本系B級ミステリの女王に甘んじた最大の理由であろう。

4. 作風について

さて、ロングの作風であるが、本作を読んだ読者の方には今さらいうまでもないが、怪奇性たっぷりの場面設定、趣向を凝らしたフーダニット、わかりやすい（深みのない）ストーリーテリングといったところであろうか。本作もそうであるが、見立て殺人の名手ということもいえる。見立て殺人といえば、一定のテーマ（寓話、童謡、歴史的出来事）をなぞる形で連続殺人が起こるというもので、マザーグースを題材にしたものとして、ヴァン・ダインの『僧正殺人事件』やクリスティーの『そして誰もいなくなった』を始めとする諸作が有名であり、わが国でも横溝正史が『獄門島』を始めいくつかの作品で、このテーマの第一人者としての地位を築いている。しかし、このロングは、スケールが大きい。第1作の"The Shakespeare Murders"は、その題名どおり、『マクベス』、『オセロ』、『ロミオとジュリエット』などシェークスピアの名作に登場する場面設定で殺人が起きるというものだし、聖書を題材にした"Murder by Scripture"やアメリカの政治家を題材にした"Murder by Treason"など、エドガー・アラン・ポオを題材とした本作以外にも枚挙にいとまがない。品の良さそうな女性が、短期間にこれほど多くの連続見立て殺人を編み出すとは、人は見かけによらないものである。

本作は、見立てのテーマ自体が当代きっての怪奇作家エドガー・アラン・ポオであるから、それだけで怪奇味十分といえるが、ロングは、こちらの方面でも本当にバラエティ豊かである。幽霊屋敷（"4 Feet in the Grave"）、ブードゥーの呪い（"Murder by Scripture"）、謎の人狼（"It's Death My Darling"）、呪いのミイラ（"Death Wears Scarab"）、霊魂による密室殺人（"Murder by Magic"）、消失する部屋（"The House with Green Shudders"）、小人の妖魔（"Leprechaun Murders"）、アーサー王伝説（"The Round Table Murder"）と続けば、皆さん、手に取ってみたくなるはずである。ロングは、アメリカの横溝正史というべきおどろおどろしさに長けており（でも、そんなに怖くない）、実は日本人好みの作家といえよう。再読の可能性などは一切考えずに、その場の楽しさを追求して書かれた娯楽大作ばかりであり、読書の喜びは保証されているはずである。

5．本作について（結論に触れるようなことはありませんので、安心してお読みください）

本作は、一九四四年発表の中期作で、赤毛の犯罪心理学者トリローニーに加えて新米推理作家パイパー嬢まで登場する問題作である。ポオの未発表直筆原稿の発見とその盗難に端を発して、『アモンティラードの酒樽』、『マリー・ロジェの謎』、『モルグ街の殺人』、『メッツェンガーシュタイン』といった名作に見立てた連続殺人が起こる。各章の題名にポオの名作を引用し、怪奇性も漂わせた究極のビブリオミステリであり、著者の意気込みが感じられる。行ったり来たりの推理も好ましく、短めの分量にトリックが凝縮しているうえ、最後の結末場面もポオの『アッシャー家の崩壊』を地で行くような舞台設計で、好ましい。

私は、前述のとおりロングの大部分の作品を読了しているが、まず最初に手を出したのは、一九四〇年発表の第三作"Invitation to Death"で、これが、誠に安っぽいヴァン・ダインといった感じで私の好みにはまった。次に手を出したのが本作"Death Looks Down"であり、これで完全に虜になったわけである。この作品の独特の泥臭いオカルト味とポオを題材にした見立て殺人が、あざといトリックと相まって、パルプ調のディクスン・カーを思い起こさせ、ノックダウン級のインパクトを残したのを懐かしく思い出す。

今考えてみると、もっと良いロングの作品は結構あると思う（特にパトリック・レイン名義のもの）。しかし、ロング入門編としては最適ではないかと考えて、第一番目に推薦したものである。小説としての完成度なんか気にしなければ、多様なうんちくが披露されながら細かい無数のトリックが全て合理的に説明され、パッチワークが見事にまとまっている。まあ、これをばかばかしいと思うかどうかで、あなたがロングの虜になれるかどうかが決まるはずである。お試しあれ。

（注）実は、ロングには、もう一つ別のペンネームが存在するという疑惑がある。一九五〇年発表のバーバラ・レオナルド・レイノルズ（Barbara Leonard Reynolds）名義による"Alias for Death"が

問題の1冊で、出版社はアメリカの比較的大手カワード・マッキャン（Coward-MacCann）社。主要文献では、ロングとの関連は一切示されておらず、出版社も全く別で、残した本も本作のみときているので、真相は不明であるが、名前がいかにもっぽい上、その内容は、女流推理作家を待ち受ける連続殺人の雨あられということで、ロング節が全開といえる。別の作家がロングの作風を真似て書いたものではないかとの説もあるが、それなら、ロング見立て殺人が出版されるほどロングの人気や影響力は大きかったということであろうか。

〔訳者〕
赤星美樹（あかぼし・みき）
明治大学文学部文学科卒。一般教養書を中心に翻訳協力多数。

誰《だれ》もがポオを読《よ》んでいた
——論創海外ミステリ 186

2016 年 12 月 25 日　初版第 1 刷印刷
2016 年 12 月 30 日　初版第 1 刷発行

著 者　アメリア・レイノルズ・ロング
訳 者　赤星美樹
装 画　佐久間真人
装 丁　宗利淳一
発行所　論 創 社
〒 101-0051 東京都千代田区神田神保町 2-23 北井ビル
電話 03-3264-5254 振替口座 00160-1-155266

印刷・製本　中央精版印刷
組版　フレックスアート

ISBN978-4-8460-1585-5